publication PN°1
Bibliothek der Provinz

Franzobel / Norbert Trummer
Austrian Psycho *oder* der Rabiat Hödlmoser
Ein Trashroman in memoriam Franz Fuchs
Text: Franzobel
Mürzzuschlager Ansichten: Norbert Trummer
© ISBN 3 85252 414 8 Verlag *publication PN*°1 Bibliothek der Provinz
A-3970 WEITRA 02856/3794
gedruckt mit Strom aus Windkraft
von Plöchl A-4240 Freistadt
Titelbild: Norbert Trummer

Franzobel

Austrian Psycho
oder
der Rabiat Hödlmoser

Ein Trashroman
in memoriam Franz Fuchs

mit Bildern von
Norbert Trummer

für Gruber, Bauer und Schweiger

Was der Heimatkundeunterricht alles verschweigt

In einem durchschnittlichen österreichischen Ort findet man mehr Wegweiser zu Wirtshäusern als zu öffentlichen Einrichtungen. Gasthof zur goldenen Sau, zur seligen Oberfläche, Kernstock, zum knochenweißen Semmelkren, und so weiter. Nur mit Glück findet man in einem durchschnittlichen österreichischen Ort den Bahnhof, das Rathaus, die Apotheke. Findet man sie nicht, geht man am besten in eines der Wirtshäuser, denn dort sitzen ohnehin alle und trinken ihre durchschnittlich vier bis acht Liter Bier. Bahnhofsvorstand, Gemeinderat, Bürgermeister. Nicht aber den Apotheker, nicht im durchschnittlichen Mürzzuschlag. In Mürzzuschlag steht der Apotheker Kleewein vor seinen Fläschchen und Tiegeln und empfängt gerade einen Kunden.

– Hödlmoser?, klingt wie Doppelkofler, Hödlmoser, woher kenn ich das, murmelt die verkrachte Apothekersexistenz. Genau, jetzt hab ich's. Weißt, dass ein Roman vom Erpe Gruber so heißt wie du.

– Ahso?

– Am Ende bist du noch ein Grubenhund? Aber kein Wunder, so Schriftsteller, sagte der mit weißer Strickweste bekleidete Apothekeraffe Kleewein, saugen sich ja die Namen auch nicht aus den Fingern. Alles Giftler.

– Ahso?

– Aber jetzt redn wir nicht mehr davon. Wofür brauchst du die Medikamente denn? Hast wen umbracht? Wen denn? Den Heinz Schilcher? Aber geh, brauchst nicht gleich so schauen, du bringst doch keinen um, gell? Schon gar net den Heinz Schilcher. Du doch net. Oder bist du auch ein Giftler?

– Na, i net, brummte Hödlmoser und schob seinen Reisepass wieder ein. Der Apotheker Kleewein stellte die Medikamente und den Verband auf den Tresen und grinste. Ein Geruch nach Eiter und Salmiak lag in der Luft.

– Ich kenn dich, du bist nicht von da. Du bist ein Auswärtiger, Hödlmoser, stimmts.

– Hört man das?

– Wo kommst denn her?

– Aus Fladnitz.

– Fohnsdorf? Ist auch schön. Der Wiener Burgtheaterdirektor ist von dort. Der Vater von Bachler war Kohlenhändler in Fohnsdorf. Aber was erzähl' ich das dir, du musst es ja wissen. Und, wie gefällt dir Mürz. Schon schön, gell. Mürz ist ein in die Steiermark zurückgeflossenes Tirolerdorf. Wenn ein schöner Tag ist, ist Mürz schon schön, säuselte der Apotheker Kleewein und blickte durch das Fenster in den Nebel. Der Nebel, dachte es im Apotheker, das sind die Wadln des Himmels, nur schade, dass Mürz ausgerechnet am Knöchel liegt. Nichts als Nebel, jahrein, jahraus. Tag für Tag. Nur Nebel und Wolken und Hochnebel und Tiefnebel, Seitennebel und Längsnebel, Schrägnebel und Quernebel, dicht und ausgedünnt. Nebel und Nebel. Dauernd schwimmt man in der Nebelsuppn. Natürlicher und künstlicher Nebel, Wasserdampf, Hausbrand. Als wenn die Landschaft immer besoffen wäre. Nebel und Nebel. Und wie sein Blick so durch den Nebel in die Wolken schweifte, merkte der hirnverkühlte Kleewein gar nicht, dass Hödlmoser einfach ging. Draußen hörte man Polizisten und Besoffene, und es war, als würden Väter ihre Knaben schlagen, Bauern junge Stiere kastrieren.

Nein, nicht sagen, nahm sich Hödlmoser vor, nicht schon wieder, nein. Nicht! Doch da war es bereits zu spät. Groß stand es da vor seinen Augen, groß und mächtig und wie ein einzig, göttlich Wort: Durst. Hab ich einen Durst. Was für einen Durst. So einen Durst. Einen geradezu närrischen Durst. Durst, wie er durstiger nicht sein kann. Durst zum Quadrat, ja eine Durstpotenz. Also ging er in ein Wirtshaus und trank erst einmal drei Halbe.

– Dass was weitergeht, net, sagte der Wirt, und stellte ihm noch eine vierte Halbe hin. Am Boden wuselten Silberfische in den Fugen. Die vorübergehenden Eingeborenen blieben

VISTER

stehen, sagten *s'Gott* und griffen ehrfurchtsvoll nach ihrem Hut.

– Kannst Wuzln, wollte ein junger Bursch von Hödlmoser wissen.

– Wennst mirs erklärst.

– Wuzln is ein gesunder Sport, mischte sich der Wirt gleich ein, Tschik dazu, Bier dazu, kriegst eine Haltung. Wuzln, sag ich immer, ist das Militär für Hirnpuderte.

– Leistungssport können wir alle keinen, sagte der junge Bursch mit den ockerroten Haaren, der sich als Edgar Stiefel vorstellte.

– Ich muss die Flüssigkeit wieder aufnehmen, die ich ausschwitz', bestellte Hödlmoser noch ein Bier. Ich hyperventilier.

– Hast Kleingeld, wollte der rote Edgar wissen, und warf den ersten Zehner ein. Ehe Hödlmoser begriff, wie dieses Drehfußball funktionierte, war der Ball auch schon in seinem Tor.

– Pfui Teufel, bist ja richtig gut, Ötker. Da frisst mich ja der Neid.

– Das hab ich mir nicht nehmen lassen, grinste der Rotschädl, als der Ball schon wieder drinnen war. Jetzt zeig, was'd kannst. Und Hödlmoser zeigte.

– Tja, wenn's geht, dann geht's. Wenn's net geht, geht's net, entschuldigte sich das Kupferdachl fürs 10:0.

– Jetzt weißt wenigstens, wost stehst, brummte der Wirt und brachte noch ein Bier. Der Ötker kann halt Wuzln, aber kein Wunder, der war ja auch in einem Heim.

– Was ist, noch eins?

– Na, ich lass' lieber bleiben.

– Was machen eigentlich die Medikamente da auf dem Tisch?

– Das sind ja meine, johlte Hödlmoser, packte sie hastig zusammen und lief damit hinaus. Darauf hatte er jetzt ganz vergessen. Und er lief so schnell er konnte in den Wald. Durch feuchte Wiesen lief er, durch niederes Gebüsch, er lief

2000

durch Brombeerverschlingungen, Reisigboden, lief über Schotterwege, Brücken, lief durch Morchelfamilien und unter Hochständen hindurch, durch Felder lief er, Kukuruz, und über grobe, fette aufgerissene Erde. Und er lief und lief und lief, bis er endlich bei dem Schwerverwundeten ankam. Der lag in seinen letzten Zügen, Hirn trat aus seinem Kopf, oder war es Seele? Oder Eiter? Blut färbte den Waldboden dunkelrot, die Gräser, das Laub, alles bordeaux. Fliegen und Ameisen wurden davon angezogen, summten und krabbelten herum.

– Wieso dauert das so lang, presste der Schwerverwundete mit letzter Kraft hervor. Wieso?

– Gusch, sagte Hödlmoser. Erst muss ich prüfen, ob ich richtig bin. Er zog den Reisepass aus seiner Tasche und verglich Photo und Verwundeten. Wie heißt'n du, wollte er dann wissen.

– Hödlmoser, hauchte der Verletzte.

– Komisch, sagte der andere Hödlmoser.

– Bitte, hauchte der Verletzte. Bitte. Doch da hatte Hödlmoser schon ein Einsehen und drosch ihm einen schweren Ast über den Schädl, damit er endlich seine Ruhe fand.

– Ein Hödlmoser ist genug, öffnete Hödlmoser seinen Hosenschlitz. Er stellte fest, dass er weit mehr getrunken hatte, als er ausschwitzen konnte und verspürte einen enorm schmerzenden Druck auf seiner Blase. Und während er in das erstarrte Leichengesicht blickte, von den starren, offenen Augen fasziniert war, merkte er kaum, dass er bereits in den offenen Mund der Leiche urinierte. Es machte ihm Spass, mit seinem Urinstrahl die Blutkrusten von den Wangen zu waschen, das ganze Gesicht zu reinigen, das Häutchen, das sich auf dem ausgetretenen Gehirn gebildet hatte, einzudrücken, zu verformen.

Von der Wärme des Urins stieg Dampf empor. Der sich ausbreitende schale Brauereigeruch mischte sich mit der frischen Würze des Waldes. Hödlmoser verspürte große Erleichterung. Doch kaum hatte er die letzten Tröpfchen aus seinem Zumpferl geschüttelt, spürte er schon wieder etwas ziehen. Zuerst glaubte er an ein leichtes Seitenstechen vom vielen

schnellen Laufen, dann merkte er ganz deutlich, wie es an der Wirbelsäule zog, spürte er, dass er dringend Scheißen musste. Hödlmosers rudimentäre Biologiekenntnisse kamen zu dem Schluss, dass frische Scheiße den Verwesungsprozess nur beschleunigte. Also hockte er sich auf das urindampfende Gesicht der Leiche, und sah zu, wie flutsch eine dicke braune Wurst aus seinem Arschloch in den Mund der Leiche rutschte. Blunzengröstl.

Der Tote sah nun aus, als ob er die Zunge rausstreckte. Mick Jagger hätte seine Freude an diesem Bild gehabt. Hödlmoser grinste, wischte sich am weißen Hemd des Verstorbenen den Hintern sauber, nahm rostrote Blätter und deckte die Leiche damit zu. Ein paar Äste legte er zum Schluss darüber, spuckte dreimal drauf, so, fertig.

Die Blätter sahen aus wie Leberstücke, als hätte jemand allen Kreaturen die Leber rausgerissen, damit den Waldboden bedeckt. Der Wald, das ist ein Leberfleck. Hödlmoser trottete in Richtung Mürz. Nicht schon wieder, dache er, doch es war zu spät. Durst, stand groß in ihm. Durst, der ihn ins Wirtshaus zog, zum Bier.

Wie Hödlmoser Mister Tanzfassl geworden ist

Die Steiermark ist so reich an Sehenswürdigkeiten und Naturschönheiten, dass ein dickes Buch nicht ausreichen würde, sie alle zu beschreiben. Doch seien wenigstens einige hier kurz vorgestellt. Zum Beispiel das Wirtshaus.

Und wie Hödlmoser so am Wirtshaustisch saß und ein ums andere Bier trank und ein ums andere Fleischbrot aß und den Nebel in sich fühlte, merkte er gar nicht, wie der Beiskammer, so der Name des Wirsthauses, sich zunehmend mit Gästen füllte. Ehe er es sich versah, saß er schon inmitten einer Runde Viererschnapser. Viererschnapser links und Viererschnapser rechts. Und in der Mitte eine Bummerlzählmaschine.

– Früher, sagte einer, sein Name war Ainhirn, früher, wie ich noch bei Böhler Uhdeholm in Hönigsberg gearbeitet hab, hab ich jeden Tag einen sitzen gehabt. Bist du narrisch. Von so einem Rausch, wie ich ihn jeden Tag gehabt hab, wäre jeder andere blind, aber auf Monate. Jeden Tag zwanzig Bier, weil die Arbeit sonst nicht zum Derblasen gewesen wäre. Auf einer Blechwalze Mopedfahren, so haben wir das genannt, das Sturzenschleifen. Wer einmal sturzgeschliffen ist, vergisst das für sein Leben nicht. Mit einem großen Schleifer über das Blech fahren, um die Risse auszugleichen. Das war nichts für mich. Bist du narrisch. Das drückst nur durch, wennst saufts. Nicht was ich unter einem lustigen Spitzantrinken verstehe, wo du Holladaroh bist, sondern Saufen, Saufen, Saufen bis zum Exodus, bis du bewusstlos bist. Vier Promille täglich.

– Du Ainirn, tu net plauschen, sagte Fürst Josef, ich sag nämlich jetzt einen 20er an.

– Jetzt müssen die Trümpf außa, sagte Machherndl. Und Hollergschwandtner, der vierte im Bunde, sagte nichts.

– Wer gibt?

– Ich überleg, ob ich riskieren soll? Bauernschnapser oder Farbenringerl? Oder doch einen Bettler?

– Gspritzt!

– Als ein Junger spritzt sichs leicht.

– Was die Arbeiter aus der Verstaatlichten alles rausgeschmuggelt haben, sagte der Ainhirn. Bist du narrisch. Einer, ein Bergsteiger, hat sich ein Gipfelkreuz gemacht. Ein anderer hat alle Lehrlinge abgezogen, damit sie Blinker machen, Blinker zum Fischen. Ich sag, die Verstaatlichte wäre nie zugrunde gegangen, nie, wenn nicht soviel gestohlen worden wäre. Was die alles rausgeschafft haben. Tonnen und Abertonnen von Stahl. Bist du narrisch. Praktisch sind alle Einfamilienhäuser Österreichs, Jugoslawiens, der Tschechoslowakei und Ungarns mit gestohlenen Baustoffen von der Verstaatlichten gebaut. Jedes Gartenhäuschen, jede Tennisplatzhütte. Alles. Bist du narrisch.

– Du Ainirn, tua net plauschen, sagte der Fürst Josef, ich sag nämlich jetzt einen 40er an.

– Schämst dich net.

– Da brauch ma eh nimmer reden.

– Die Feigen spielen sich leichter.

– Politik, sagte der Machherndl, ich verlass mich da ganz auf meinen Zehnjährigen, weil Kinder haben ein Gespür, Kinder kann man nicht betrügen, und dem Zehnjährigen gefällt der Haider, und seinen Spielkameraden auch, weil sich der etwas zu sagen traut. Basta. Ich finde, man sollte mehr auf die Zehnjährigen hören, weil sich die nicht blenden lassen. Die Zehnjährigen haben ja noch keine Pubertät oder wie immer man das nennt.

Und wie Hödlmoser vom Boden seines Bieres aufschaute, um diesen Rauschkindvater Machherndl anzusehen, merkte er, dass sich schon alles etwas drehte. Dennoch winkte er dem Beiskammer, ihm noch ein Bier zu bringen. Eigenartig, dachte es in ihm, dieser Affenkopf Marchherndl sieht auf einmal wie Frank Stronach aus. Frank Stronach, der eigentlich Franz Strohsack heißt und in Kanada reich geworden ist. Jetzt kauft er alles auf, die ganze Steiermark.

Hödlmoser schlug sich an den Kopf, doch änderte das nichts, noch immer saß ihm mit schlohweißem Haar und hochrotem Kopf Frank Stronach gegenüber. Aber damit nicht genug, auch Ainhirn sah auf einmal wie Frank Stronach aus und sagte: Bist du narrisch. Aber nicht nur der, auch Hollergschwandtner und Fürst Josef waren zu Frank Stronachen mutiert. Frank Stronach spielte mit sich selbst Viererschnapsen. Selbst der Wirt, der das Bier brachte, sah mehr nach Stronach aus als nach ihm selbst. Sogar der Jesus am Kreuz, der eingerahmte Fusßballstar, die dicken Bätter des Gummibaums, die Spinne im Spinnennetz. Alles Stronache. Das Fleisch auf dem Brot, das Kamel auf der Zigarettenschachtel, die Gesichter in den Bierdeckeln, Stronach, Stronach, Stronach, alles verstronachisiert. Stronachschaden überall. Die Fische im Aquarium, die Monde in den Fingernägeln, ja, sogar die Kugeln auf der Bummerlzählmaschine. Stronach. Alles Stronache. Egal, wo Hödlmoser hinblickte, Frank Stronach schaute ihm entgegen. Überall. Hödlmoser war entsetzt. Konnte es sein, dass alles in Mürzzuschlag verstronachte? Frank Stronach überall. Vielleicht sah ja auch er, Hödlmoser, nicht mehr wie Hödlmoser, sondern wie der Hühnerpastetentunker Frank Stronach aus? Das fehlte ihm gerade noch, verdächtigen Umgang mit sich selbst. Verdächtig, aber ineffizient. Hödlmoser erbleichte. Er trank in einem Zug sein Stronach-Bier und wankte auf das Stronach-Klo. Auf dem Weg dorthin bestellte er noch eine Runde Stroh-Stronach-Schnaps, denn ganz egal, wie weit seine Verstronachisierung vorangeschritten war, einen Schnaps hatte er so oder so jetzt notwendig. Stronach oder nicht.

Hödlmoser öffnete die Klotür, das heißt, er wollte sie öffnen, griff danach, da spürte er sie auch schon auf der Nase. Zack, mitten ins Gesicht. Das ist ein Service! Ein Kondom aufblasender halbverstronachter Einheimischer hatte sie aufgestoßen, und ihm ein Cut geschlagen. Hödlmoser blutete. Egal. Hödlmoser torkelte zum Spiegel und sah hinein. Bluadiger Hund. Frank Stronach blickte ihm entgegen, blutverschmiert. Kein Zweifel, die Mürzzuschlager Luft schien eine allgegenwärtige Verstronachisierung auszulösen. Oder lag es am Luftdruck? Vielleicht hätte man eine Druck-Ausgleichskammer gebraucht? Vielleicht täuschten ihn auch seine Sinne? War er zu schnell in Mürzzuschlag eingereist? Vielleicht hätte er sich vorher in eine fohnsdorfer, kapfenberger oder krieglacher Quarantäne begeben müssen. Oder war er zu schnell über den Semmering gefahren, und litt nun am Panhansfieber? Auf den Fliesen konnte man lesen: *Geiles Schwein macht alles*. Eine Telephonnummer daneben. Darunter stand: *GAK ist geil. Kartnig was here.*

Noch einmal sah Hödlmoser in den Spiegel, wieder blickte ihm ein blutender Frank Stronach entgegen, da musste er kotzen. Gott sei Dank befand sich das Waschbecken direkt unter ihm. Ein Schwall schoss ihm heraus, unzählige Biere und Fleischbrote, halbverdaute Essiggurkerl und Pfefferoni, doch erstaunlicherweise schwammen auf der brotfarbenen Bröckerlbrühe lauter Stronachköpfe und Autozubehörteile. Alles drehte sich um Hödlmoser, und langsam wurde es auch finster. Magna, Magna, flüsternd sank er zu Boden. Verschwommen erkannte er noch, dass ihm die Drei Tenöre erschienen, alle drei mit einem Stronachkopf, weit entfernt hörte er, wie sie auf südsteirisch zu singen begannen:

– Wos sulln des. Wo sulln des überhaupt. Wos sulln des. Wo sulln des überhaupt. Wos sulln des. Wo sulln des überhaupt. Wos sulln des. Wos sulln des überhaupt. Wos sulln des. Wo sulln des überhaupt.

Als Hödlmoser wieder zu sich kam, war wieder alles ganz normal. Zwar roch er aus dem Mund ein bisschen säuerlich, aber zumindest sah er nicht mehr wie Frank Stronach aus. Auch die Viererschnapser sahen wieder aus wie Ainhirn, Hollergschwandtner, Machherndl und Fürst Josef. Gott sei Dank. Der von Hödlmoser georderte Schnaps war natürlich längst vernichtet, also bestellte man noch eine Runde. Und noch eine, und noch eine, und noch ein paar. Je mehr Schnaps man trank, desto unruhiger wurde Hollergschwandtner. Bis jäh aus ihm herausplatzte, dass er ein Geheimpolizist sei:

– Wissen die Behörden, dass du hier säufst, Kalbsschädl, fauchte er Hödlmoser an. Warum bin ich nicht informiert? Ich könnte dich festnehmen, weil ich nämlich ein verdeckter Ermittler bin, damit du es nur weißt. Und falls du dich widersetzt, erschieß ich dich, Schleimwimmerl. Widerstand gegen die Staatsgewalt. Ich kenne das Gesetz. Jawohl! Ich könnte den Schaszuzler von Wirt erschießen und niemand, niemand könnte mich aufhalten. Arschwixer. Hollergschwandtner lehnte sich zurück und genoss das sich ausbreitende Schweigen.

– Du, horch zu, Revolver abgeben bei der Bar, versuchte Josef Fürst zu beruhigen. Ich sag nämlich gleich einen 20er an.

– Ihr habt überhaupt keine Ahnung, ihr Spagatscheißer. Ein Geheimpolizist darf verhaften, was und wem ihm einfällt. Jawohl. Niemand ist mächtiger als ein Geheimpolizist. Und wenn ich jetzt einen von euch erschieß, werdets ja sehen, wie ihr euch anschauen werdets.

Doch bevor sie mehr erfuhren, hatte der Hödlmoser mit einem beiläufigen *Gusch* dem verdeckten Ermittler Hollergschwandter schon ein Bierglas über den Schädel gezogen, dass die Scherben tief in seinem Kopf steckten. Vom ästhetischen Standpunkt aus betrachtet war besonders der an einem spitzen Dorn steckende Henkel interessant. Der Geheimpolizist Hollergschwandter scherte sich aber nicht mehr viel um die Ästhetik, sondern kippte lümmelhaft nach vorne und kotzte. Hödlmoser durfte statt seiner Viererschnapsen.

– So ein dalkerter Spinatwachter, sagte Fürst Josef, ausgerechnet jetzt, wo ich einen 40er hab, fängt der mit seinem Blödsinn an.

– Den können wir nicht auf unsere Exkursion mitnehmen, brummte Ainhirn. Jetzt nicht mehr. Bist du narrisch.

– Eine Exkursion, zischte Hödlmoser einen Schnaps hinunter.

– Sehr wohl, lehnte sich Machherndl zurück und zerdrückte einen Eierschas, eine Bierexkursion nach Belgien. Wir fahren über Wieselburg, Freistadt, München, Nürnberg, Köln, Düsseldorf, direkt nach Belgien – weil Bier ist kein Wischerlwasser.

– Früh übt sich, was ein anständiger Kampftrinker werden will, rülpste Hödlmoser.

– Voriges Jahr in Schottland, wisst ihr noch, gleich zwei Suppenbrunzer sind in ihrem Vollrausch ins Meer gefallen. Bist du narrisch.

– Und das Jahr davor in Tschechien, wo sie uns alle verhaftet haben?

– Ich sag immer, bei einem anständigen Rausch musst du nachher mindestens vier Tage blind sein, sonst war es rausgeschmissenes Geld.

– Wieso gibt es eigentlich in ganz Mürz keine Weiber, kratzte sich Hödlmoser am Sack und spürte, wie sich augenblicklich etwas regte. Keine Hasen weit und breit, nur steifste Nacht.

– Die sind alle in der Disko in Krampen und wählen den Mister Tanzfassl.

– Und? Fahren wir auch nach Krampen?

– Bist du narrisch.

– Wir werden doch nicht den Büchsen hinterherfahren, jetzt, wo ich einen 40er hab.

– Steck in dir selber eine. Oder tu der Serafine schön, vielleicht lässt dich die. Alle lachten.

Wieso? Mit einer leichten Kopfbewegung wurde Hödlmoser auf die am Nachbartisch sitzende Serafine Walkolbinger aufmerksam gemacht, eine dicke, ungestaltete formlose Masse mit debilem Gesichtsausdruck, den selbst große flaschenbodendicke Brillen nicht verstecken konnten. Daneben die eingeschrumpelte Version von ihr, die Mutter. Eine farblose Dörrzwetschke mit Flaum im Gesicht. Als sie sah, dass Hödlmoser ein gewisses Interesse zeigte, gab sie ihm mit eindeutigen Handbewegungen zu verstehen, dass ihre Tochter noch im Saft stünde und zu haben wäre. Sie steckte sich sogar den Zeigefinger in die Faust, rieb hin und her, gleichzeitig leckte sie sich mit der Zunge über die Lippen.

Snips

– So eine Brummfut, schüttelte Hödlmoser seinen Kopf, wie wenn er in etwas Saures gebissen hätte.

– He, Hödlmoser, du Brunzschädel, willst eine Knackwatschen, oder was? Die arme Serafine. Und während Hödlmoser unbeeindruckt sein Bier trank, holte der betrunkene Machherndl ein Springmesser hervor und fuchtelte damit vor Hödlmosers Gesicht herum und sagte nur: Da schaust, gell, damit mach ich aus dir Pasta, du Brechmittel.

– Schleich dich, Reservezorro. Hödlmoser entriss ihm das Stilett, und war darob selbst so verdutzt, dass er es gleich zurückgab.

– Und du, schau nicht so blöd, Klodeckelschädel, machte der stockbesoffene Machherndl eine überraschende Bewegung und rammte sein Springmesser in den Ainhirn hinein, der darauf nur sagte: Bist du narrisch. Blut spritzte aus ihm wie aus dem Hochstrahlbrunnen zu Wien.

– Tuts mir nicht alle Überzüge versauen, schrie der alte Beiskammer. Ich bin ja nicht der weiße Riese. Auch der junge Beiskammer eilte hinzu und brüllte: Gehts scheißn. Gehts alle scheißn.

Binnen kurzem entspann sich eine ausgedehnte Wirtshausrauferei. Scheiß da was, zog der junge Beiskammer dem Machherndl eine über den Schädel, wozu der alte Beiskammer johlte. Ich scheiß mich an. Fürst Josef bekam von anderen Gästen, die, wie es schien, nur darauf gewartet hatten, eine in den Bauch, und auch Hödlmoser wurde Ziel brutaler Faustattacken. Zum Scheißen.

– Scheiß mich an, hörte er welche sagen. Endlich eine Gaudi. Wenn wir nicht selber für ein bisserl Unterhaltung sorgen würden, wäre nie was los.

– Geh her da, du Kalkscheißer.

– Gehts alle Scheißen, hörte man den jungen Wirt. Scheiß an. Gehts scheißn. Gehts alle scheißn, ehs Hosenkacker.

– Ein paar Mal, ein paar Mal hat es ausgeschaut, als wäre heute nichts mehr los. Doch Gott sei Dank. Eine Gaudi muss sein. Und schon wurden Schädel und Knochen wie Gläser gebrochen, spritzte Blut durch die Wirtsstube, traten Knie gegen Köpfe und Füße in Nieren und Geschlechtsteile, kam es zu Hirn- und Schädelgrundbrüchen, flogen Teller und Fleischbrote durch die Luft, hörte man Wehklagen und Stöhnen. Einem wurde ein Finger abgebissen, einem anderen mit einem Trichter Kernöl ins Ohr geleert. Einer wurde in einer Essigwurstschüssel ertränkt, einem anderen der Kopf mit Erdäpfelsalat gewaschen. Die Grausamkeiten in diesem steirischen Sodom und Gomorra kannten keine Grenzen. Steirer sind brutal zu sich selbst, aber unbarmherzig zu anderen. Schon die Haltung des steirischen Kopfes, die energiegeladenen steirischen Glieder, die meist aufrechte Haltung und der typische steirische Gang zeigen an: Steirer kennen nichts.

Hödlmoser hätte gerne noch länger zugesehen, doch mit dem Ruf: De Kieberer, de Kieberer, leerte sich blitzschnell das ganze Lokal, und auch Hödlmoser wurde, ehe er es sich versah, auf die Straße gedrängt.

Da stand er nun. Ein leichter Nieselregen benetzte seine Kleidung, sein Haar und sein mit Blutkrusten entstelltes Gesicht. Er hatte einige Schrammen, spürte aber keine Schmerzen, bloß einen einzigartigen, wunderbaren großen Durst.

Die ganze Stadt, so schien es, schwitzte, überall lag Feuchtigkeit, roch es nach Schweiß und alten Socken. Eine klamme Kälte fraß sich durch den gesamten Hödlmoser durch, eine egalitäre Stimmung füllte ihn aus. Alles egal. Nur irgendwo in einer Nebenhöhle seines Hirns hielt sich eine Luftblase, Krampen, Diskothek und Weiber waren darin eingeschlossen.

– Was schneidest denn für einen Fotz, Arschloch? wollte eine Männerstimme wissen.

– Gusch. Hast einen Tschick, Trottel, fragte Hödlmoser den ankommenden Menschen. Es war ein großer bärtiger Mensch mit grüner Lodenjoppe und breitkrempigem Hut. Aufgesprungene Lippen, Pustelnase, große Poren. Seine Hässlichkeit weckte die Vorstellung einer Schöpfung, die sich auf einem anderen Stern vollzogen hatte. Ohne etwas zu sagen, hielt er dem Hödlmoser eine Packung Landtabak hin und deutete ihm, sich selbst eine zu wuzeln. Nachdem Hödlmoser eine krumme Zigarette zusammengebracht hatte, die in der Mitte weit dicker war als an den Rändern, gab ihm der Jägermeister, so bezeichnete sich diese evolutionäre Sackgasse nämlich, Feuer.

– Du, Jägermeister, wo gibt es hier was zu trinken?

– In Mürz gibt es nichts mehr, aber wennst willst, kannst du mit zu mir kommen, dann gebe ich dir einen Liter Jägermeister, aber zur Not habe ich auch ein Bier. Schon wenig später standen sie in Jägermeisters Haus.

– Na, was sagst?

– Gemütlich, trank Hödlmoser das ihm gereichte Bier. Das ganze Haus war ein einziges, gigantisches Waffenarsenal. Überall hingen Gewehre und Revolver, Holzschachteln mit Munition lagen herum, Patronengürtel, Panzerfäuste, Handgranaten, Tellerminen, Buschmesser, Orden, Soldatenhelme, Totenschädel. Die ganze Wohnung war derart angeräumt mit Kriegsgerät, dass man nur im Badezimmer etwas Platz hatte. Sogar das Bett war voller Waffen, die Gänge, der Tisch, alles voll. Die einzige Sitzgelegenheit war das Klo. Die Badewanne wurde als Schlafstätte gebraucht.

– Du bist ja ein richtiger Waffennarr, Jägermeister, grinste Hödlmoser und trank noch ein Bier. Ein schönes Hobby.

– Auf das österreichische Bundesheer kann man sich ja nicht verlassen, sagte Jägermeister. Alles Flachwixer. Wenn etwas ist, mich bekommen sie nicht. Mich nicht. Das einzig Blöde ist, wenn ich einmal stirb, und ich keine Kinder hab, wer erbt das dann? Mein ganzes Arsenal? Jeder ist mir recht, jeder, nur nicht die Republik Österreich, weil ich mein eigener Freistaat bin.

– Du gefällst mir, sagte Hödlmoser und setzte sich aufs Klo. Ich hab auch einmal gesammelt. Schmetterlinge! Da hab ich die Natur kennengelernt. Erst hab ich sie gefangen, dann die Thorax gebrochen, weil das knackst so schön. Tssck. Dann hab ich sie mit Nadeln auf ein schwarz lackiertes Pressspan-

holzbrett gespießt. Schön. Und wie Hödlmoser so in seinen Kindheitserinnerungen schwelgte, sich an die diversen fladnitzer Jugendstreiche erinnerte, spürte er auf einmal einen strengen, beißend säuerlichen Geschmack in seiner Nase. Es war etwas verschwitzt Käsiges, eine Mischung aus ranzig gewordenem Molkereiprodukt, lange zurückgehaltenem Urin und Quittenschnaps. Und während Hödlmosers Gehirn noch nach einer Erklärung für dieses olfaktorische Sammelsurium suchte, sahen seine Augen schon ein mittelmäßig erigiertes Glied vor sich hin und her pendeln, sowie ein Jagdgewehr, dessen Lauf ihm an die Stirn gehalten wurde.

– Die wahrscheinlich längste Praline der Welt. Und jetzt machst schön dein Mauli auf, Burli. Weil wenn net, blas ich dir dein Hirn beim Fenster auße. Kapierst. Entweder blast du mir, oder ich blas dir, verstehst.

Hödlmoser blieb gar nichts anderes übrig, als demütig den Mund zu öffnen, und sich das knackwurstgroße Glied über die Zunge und gegen das Innenfleisch der Wange stoßen zu lassen. Jägermeister hatte mit einer Hand den Hödlmoserkopf gepackt, und ihn hin und her gestoßen, vorwärts, rückwärts, zickezacke. Zwischendurch brüllte er ihn immer wieder an: Schau mich an, wenn ich in dich eine wix, du Fut mit Gesicht. Schau mich an, ich will sehen, wies dir's Wasser in die Augen treibt.

Tatsächlich sammelten sich in den aufschauenden braunen Hödlmoseraugen schon die ersten Tränen langsam das Gesicht entlangzuperlen. Der Rist der Eichel rieb über Hödlmosers Zunge und kitztelte diese. Immer tiefer wollte der Schwanz in den Hödlmoserkopf eintauchen, mit jedem Schub, versuchte die Hand, den Hödlmoser noch weiter nach vor zu schieben. Schon jetzt berührten Hödlmosers Lippen mit jedem Stoß die brotfarbenen, krausen Haare auf Jägermeisters Schamhügel, in denen diverse Krusten, Schuppen und Geflechte hingen. Die Haut darunter war ganz aufgekratzt. Mit jedem Stoß baumelten die Eier gegen Hödlmosers Kinn, klockklock, und die Penisspitze berührte jedes Mal den Gaumen. Es war, als würde sich der Gaumen für kurz über die Penisöffnung legen, sie verschließen, um sie gleich wieder freizugeben, wie eine Gebärmuttermembran.

– Anschauen sollst du mich, du Gurkerllutscher, brüllte Jägermeister. Mich anschauen.

Und jedes Mal drang der Penis etwas tiefer in den Hödlmoserschen Schlund, nun tauchte er das Gaumensegel jedes Mal wie einen Vorhang beiseite, und drang in den Windfang der Speiseröhre. Noch etwas weiter und Hödlmosers Magensäfte würden ihn verdauen. Immer fester packte ihn die Hand am Schopf, immer wilder stieß sie den Hödlmoser hin und her, immer lauter schrie die Stimme, dass er ihn anschauen solle, was Hödlmoser auch versuchte, doch so sehr er sich auch Mühe gab, so sehr spürte er die Muskel seiner Augäpfel, die stark wie Einweckgummi waren. Die Eichel in der Speiseröhre reckte ihn, die Kotze stieg ihm hoch, und schien vom Penis nicht mehr weit entfernt zu sein. Jägermeister stöhnte, seine Oberschenkel wurden hart, seine linke Hand verkrampfte sich in Hödlmosers Haar, seine rechte ließ schon den Gewehrlauf sinken, Hödlmoser spürte erste Pumpbewegungen. Aber als würde man mit einem Strohhalm an einer leeren Kakaopackung saugen, kam noch nichts, nur Röcheln und Glucksen. Endlich ein Tropfen, und der Schwanz wurde ruckartig herausgezogen.

– Augen auf, schrie Jägermeister, und wie beim Haftschaleneinsetzen ergoss sich ein Spermaschwall darin. Mit einem Mal war alles trüb. Jägermeister röchelte, und während der Penis neuen Speichel sammelte, neuerlich auf den halbblinden Hödlmoser spuckte, zuckte Jägermeisters Finger, drückte am Abzug des Gewehrs. Es löste sich ein Schuss, es rummste, und ein Rumms rummste Rumms, wurde verschluckt von Fleisch, Fleisch von Jägermeister. Ins Bein, das wie ein Wunder gar nicht blutete. Jägermeister schrie gar nicht. Vielleicht konnte er nicht glauben, wie das hatte geschehen können. Er stand nur da und fluchte auf sich selbst, sah zu, wie ihm Hödlmoser, dem es nun doch zuviel wurde, auf die Schuhe kotzte. Auf die Zwischenräume zwischen Schuhränder und Socken, in den Hosensaum, den Zwischenraum zwischen den Schuhbändern und der Zunge. Alles vollgekotzt.

Jägermeister schüttelte heftig den Kopf, wie um innen drinnen etwas Durcheinandgeratenes wieder in Gang zu setzen. Zwei Minuten später hatte es ihn hingestreckt.

Stark, dachte Hödlmoser, so ein eidesstattlich großer Mensch wird von einem einzigen Schuss ins Bein gleich umgelegt. Hödlmoser wusste freilich nicht, dass es sich bei der Waffe um ein Großwildjägergewehr und bei der Munition um Betäubungspatronen für Elefanten handelte. Seiner Meinung nach war Jägermeister jetzt tot, und er begann zu singen:

– Schau, da liegt a toter Fisch im Wasser, den machen ma hin, den machen ma hin.

Hödlmoser wischte sich den Geifer vom Gewand und sah sich um, ob er etwas stehlen könnte. Nur Gewehre und Waffen überall. Der hats gemütlich. Selbst in der Küche. Im Backrohr lagen Hitlerbücher. Morgensterne, Killereisstöcke und Totschläger auf den Kästen. In den Keksdosen Patronen, eine Gasmaske, Reitstiefel. Nur auf dem Herd stand ein Topf mit altem, braun gewordenem Sauerkraut in dessen Mitte ein unappetitliches Stück Fleisch schwamm, das aussah wie eine Hand ohne Finger. Das stank. Bemalte Totenschädel grinsten vom Kühlschrank, in dem neben Hundefutterdosen große Tupperwaregefäße waren. Eine bemühte Kinderschrift hatte Männernamen raufgekritzelt: Robert, Bernhard, Sepp. Eintopfartige Suppen waren darin. Hödlmoser dachte an nichts Schlimmes, trank noch ein Bier, einen Zirben-Schnaps und entdeckte neben der Eingangstür einen Autoschlüssel, den er sofort mit dem vor der Tür stehenden silbergrauen Sportwagen verband. Wie unsichtbarer Stahl durchblies Hödlmoser dieser Gedanke, und tatsächlich, der Schlüssel passte.

Der Wagen machte ein Geräusch wie ein Tuberkulosekranker, dem man Paraffin in die Löcher der Lunge gefüllt hatte, doch er zog. In Hödlmosers flüssigem Hirn war wieder

seine Krampenblase aufgetaucht, Weiber und Discko schwammen darin, Dutteln und Fut. Also raste er in diese Richtung. Prinzipiell fuhr er auf der linken Straßenseite, ließ die entgegenkommenden Gefährte rechts ausweichen, sang:

– Du, mein Nachbarsmadl, warst a saubers Madl, warst net krummhaxat, und net so fad. Wannst koan Kropf hatast, und warst net rothaarat, und net gar so wüt schiagln tatst. Du, mein Nachbarsmadl, warst a saubers Bröckl, und wannst net a Nasn hatast wie a Schlitzweckl. Du, dann nahmat i di a. Vielleicht.

Doch bald schon unterbrach ihn die Welt mit der wellenartigen Sirene einer Polizeistreife. Man zwang ihn zum Aussteigen, und gab ihm ein paar Präventivwatschen. Die beiden Kieberer namens Primsen und Kasler hielten Hödlmoser die Waffe zwischen die Augen, versetzten ihm mehrere Tritte und stritten sich, wer ihm zuerst in den Hintern ficken dürfe.

– Man muss das festigen, wenn man in den Sündern die Sünde nicht festigt, dann setzt sie sich nicht fest, dann hält sie nicht, tritt aus. Gegenseitig müssen wir es in ihm festmachen, ich zuerst.

– Beim Letzten warst du zuerst, sagte Kasler. Doch war das für Primsen noch kein Argument, und während Hödlmoser mit gespreizten Beinen und heruntergelassener Hose sich die Hände auf dem Autoblech festfrieren lassen musste, und ein paar Darmwinde in die frische Luft blies, begannen sich die beiden Gendarmen zu schubsen. Bald schon legten sie ihre Dienstwaffen beiseite und schlugen aufeinander ein. Das war nun nicht nur gegen jede Vorschrift, sondern auch ein wenig überheblich. Denn noch bevor sich ihr Raufhandel richtig entwickeln konnte, hielt ihnen Hödlmoser schon die Revolver vor die Nase, und zwang sie, sich in den Straßengraben zu stellen.

– So, meine Herren Krautwachter, und jetzt lassen wir die Hosen runter, ja, die Unterhosen auch, und damit uns nicht langweilig wird, wollen wir ein kleines Spielchen spielen, also aufgepasst, meine Herren Exekutiven, zuerst stecken wir, weil wir doch Spaß verstehen, einen Daumen in den Mund und den anderen in den Popo. So, jetzt bitte umdrehen, ich will sehen, ob das auch erfolgreich war. So, sehr schön, meine Herren Pimperlhuber. Und damit uns nicht langweilig wird, wechseln wir alle drei Minuten. In einer Stunde komme ich zurück und schaue nach, ob alles in Ordnung ist.

Dunkelblau. Die letzten Reste der Nacht lagen im Nebelschleier zwischen den Hügeln. Der Mond und die Sterne waren von einer dicken Wolkenschaft verdeckt. Tiefstes Dunkelblau. Hödlmoser fuhr jetzt endlich Richtung Krampen, der Morgen brach sich schon herunter. Es roch nach Feuchtigkeit, nach Wald und frischen Semmeln. Vereinzelt krähten Hähne, aus Autowracks schnitten Feuerwehrmänner Leichen und vergingen sich auch gleich daran, Hunde bellten Licht in die Gehöfte, Bäurinnen fanden im Stall den aufgehängten Mann. Für Hödlmoser bestand nur noch wenig Hoffnung auf die Weiber, die Duttln und die Futn. Endlich kam er an. Lagerhaus Krampen, Firma Krengel, Schweinsthermen en gros, ein Silo, eine Raiffeisenbank, Adeg, gleich daneben ein großes Transparent: Wahl zum Mister Tanzfassl. Hödlmoser ging etwas näher, sah den Eingang in die Diskothek.

– Kannst ruhig kommen, Gashaxerter, hörte er eine Stimme, ist eh schon alles vorbei. Drinnen stand ein schwerer, kalter Zigarettennebel, ein Bier- und Schweißgemisch. Grelles Licht. Zigarettenkippen auf dem Boden, Kürbiskernschalen, eingetrocknete Flüssigkeiten, halbgefüllte Gläser, Blutlachen, Lametta überall, hie und da ein Damenslip, auch die eine oder andere vollgetränkte Binde.

– Suchst wen?

– Ja, freilich, die Wahl zum Mister Tanzfassl?

– Ich glaub, mich triffts, fünf Uhr, gashaxert und nüchtern auch nicht mehr. Ein bisschen spät, gell. Aber komm halt her, bist halt du unser Mister Tanzfassl. Jetzt erst erkannte Hödlmoser zwei junge Frauen in einer Ecke sitzen. Die eine sah aus wie die andere und umgekehrt. Entweder war Hödlmoser bereits im Zustand der automatischen Rauschverdoppelung, oder es waren Zwillinge.

– Ich bin die Bruni.
– Zu mir kannst Milla sagen.
Also Zwillinge. Brunhilde und Ludmilla Pischinger hatten beide etwas Grobschlächtiges, Verhacktes, vor allem ein Doppelkinn, das sich vollends im Hals verlor. Breite stämmige Weiber mit molkereitechnisch überdimensionierten Geräten, bist du narrisch. Lange, zu Locken schikanierte, semmelblonde Haare. Bei Licht konnte man verstehen, dass die übriggeblieben waren. Aber bei Dunkelheit? Und in der Steiermark? Bei dem Weibermangel? Aber manche Steirerstämme sollen ja von ihren Frauen verlangen, dass sie Schamlippen haben, die so groß sind wie ein Taschentuch. Ein Monogramm hineingestickt.
– Da brauch ich erst einmal ein Bier, sagte Hödlmoser.
– Aber jetzt, wo Sturmzeit ist, machte die Bruni Kusslippen.
– Oder verträgst du den nicht, kicherte die Milla.
– Weiber, haltet eure vorlauten Fotzen, herrschte Hödlmoser sie an. Hat euch schon einmal wer den dialektischen Materialismus auf steirisch erklärt? Seid ihr schon geprägt für euer zwielichtiges Leben? Oder was?
– Ich hab es mir gedenkt, kicherte Milla.
– Nutzt alles nichts, wackelte die Bruni mit ihren Dutteln. Setzt dich her da zwischen uns und fang an.
– Ich sperr zu, schrie der Wirt mit heiserer Stimme.
– Na, dann gehen wir halt.
– Und was ist mit unserem Mister Tanzfassl?
– Den nehmen wir natürlich mit.
Es stellte sich heraus, dass sie nicht weit zu gehen hatten, weil Ludmilla und Brunhilde Pischinger nämlich den angrenzenden Bauernhof bewirtschafteten. Ein altes, stattliches Eingeborenengehöft.
– Gemütlich habt ihr es da, setzte sich Hödlmoser an den groben Holztisch und wartete auf sein Bier. Im Herrgottswinkel hing über dem Herrn Jesu eine Wurzel, in die eine grässliche Fratze geschnitzt worden war. Sie sah aus wie Gottvater Dichand selbst. Fernseher, Obstschüssel, Kronenzei-

tung, Kohlenkübel, Schürhaken, eine Wasserschüssel mit der Aufschrift »Lord Nelson«, Bauernmöbel, Porzellanschalen, Milchkanne, eine Stoffhexe und über der Tür eine Holzlatte mit dem eingebrannten Spruch: Immer wenn ich den Mond seh, denk ich auf meine Plag. Der Mond ist zwölfmal voll im Jahr, ich aber beinah jeden Tag.

– Also, hob Bruni ihren Rock mit Hipphipphurra und entblößte ihre Wadeln, wie war das jetzt mit dem dialektischen Materialismus auf steirisch? Die hatte vielleicht Wadeln, breit, als hätte sie einen Bauernbrotleib darin stecken.

– Helf dir Gott bei diesen Wadeln, dachte Hödlmoser und sagte:

– Sturm! Sturm war mein allererster Rausch. Der reinste Shakespeare im Kopf. Alles mit Wolken zu, die ständig ihre Form veränderten. Wie Fabeltiere schauten die aus, oder wie Brotschneidmaschinen, Konkubinen, Ariel. Dabei war das letzte Wort noch gar nicht gesprochen. Wie ich mit dem Moped nach Hause gefahren bin, habe ich in jeder Kurve stehen bleiben müssen, den Vollvisierhelm herunternehmen, um zu kotzen. Das war heiter, schleich dich. Etwas sportliche Betätigung kann ja nicht schaden, aber ich habe Kotzen und Durchfall gleichzeitig gehabt. Trotzdem hab ich es bis heim geschafft. Freilich hab ich dort noch ins Salatbeet speiben müssen. Seitdem esse ich kein Grünzeug mehr, und trinke keinen Sturm. Sturm bringt meine Peristaltik durcheinander. Ich muss einen Most oder einen Sturm nur anschauen, habe ich schon eine Scheißerei.

– Müssen wir uns das noch lang anhören, hob die Milli schon an ihren Dutteln.

– Das Wunder des Rausches besteht ja darin, dass man trotzdem immer irgendwie nach Hause kommt. Es ist, wie wenn man einen Schutzengel hat. Aber wie ist das wohl bei so einem Zwilling, blickte Hödlmoser verstohlen auf die Wadeln. Habt ihr zwei?

– Was ist, grinste Milla. Legen wir noch Wert auf Kommunikation?

ALTENB

– Frag net so blöd, sagte Bruni. Du, Hödlmoser, du musst ihn uns jetzt einestecken, ja, tief einestecken musst du ihn uns, einesteckn, wie ihn uns noch keiner jemals einegsteckt hat. Einestecken, tief einestecken. Wir haben das jetzt wirklich notwendig, weil schau, die Milla und ich, wir sind schon ganz hysterisch, und du, Hödlmoser, du bist unsere einzige Medizin, unser Schutzengel gewissermaßen. Nicht?

– Geboren, begann Hödlmoser zu singen, geboren war der kleine Hans mit einem völlig eckigen Schwanz. Doch Liebe macht erfinderisch, er kaufte eine Feile sich, und feilte ihn zylinderisch.

Und ehe der Hödlmoser sich versah, waren die beiden bauernbrotbewadelten Wallküren auch schon ausgezogen und halfen auch dem Hödlmoser aus seinem Dodlanzug, nicht ohne ein paar Hirschhornknöpfe abzureißen. Die Bruni und die Ludmilla. Es war ja kaum ein Unterschied festzustellen, beide sahen bis ins Schamhaar völlig gleich aus. Ihre Haut war rosa wie der Speck von einem jungen Ferkel, blaue Äderchen schimmerten hindurch, schwarze Flecken hie und da, dickes blondes Haar. Bruni und Milla waren nun völlig nackt, nur die Schuhe hatten sie sich angelassen, schwarze Lackschühchen, darunter weiße Söckchen mit Spitzensaum, scheußlich, aber auf dem Land modern. Außerdem hatten beide einen grauen Steirerhut mit Kordel, einer langen Pfauenfeder und diversen Wanderabzeichen aufgesetzt, so, als wollten sie nun zum Halali blasen, den Hödlmoser sich erlegen. Ehe der viel sagen konnte, drückten sie ihn auch schon auf den Küchentisch. Erst später sollte er merken, dass sich sein Hintern bei diesem Vorgang einen langen Schiefer eingezogen hatte.

– Wir brauchen Zeit, dann kommt es eh von selbst. Das Einreden hat gar keinen Sinn bei uns, also sei stad, Hödlmoser, red net zu viel.

– Das steht net dafür.

Aber ehe Hödlmoser etwas sagen konnte, hatte sich eine der beiden auch schon auf sein Gesicht gesetzt.

– Du wirst mich jetzt schön ausschlecken, gell Hödlmoser,

du bist jetzt mein Fotzhobel. Also, außa mit deinem Schleckmuskel. Mit den Fingern zog sie ihre feuchten Schamlippen auseinander und stülpte sie wie einen Blausiegel über Hödlmosers rausgestreckte Zunge, der sich durch diesen etwas säuerlichen Geschmack an Reisfleisch erinnert fühlte. Reisfleisch auf grünem Plastikteller, Kindergarten, Ausspeisung, den Tanten in die Röcke schauen. Jetzt erst, wo er die festen strohblonden Schamhaare vor sich hatte, bemerkte Hödlmoser den starken Stallgeruch hier in der Stube. Ob die Pischinger-Sisters Vieh züchteten? Oder waren das bereits Visionen?

– Nutzt olles nichts, wir sind innerlich verbunden, setzte sich die zweite Schwester auf Hödlmosers halberigiertes Glied, und begann mit langsamen Hulahuppschwüngen es zu versteifen. Zwei Mal neunzig Kilo, die sich wie das Radgestänge einer Dampfeisenbahn synchron und kreisförmig über der Kolbenstange bewegten. Es war ein wilder, aus allen Geleisen geratender Ritt, den die beiden Pischingers nun auf dem armen Hödlmoser vollführten. Wo soll man ansetzen? Nachdem er nämlich schon bald einen Zungenkrampf bekommen hatte, stülpte ihm die vordere Pischinger ihre großen, hühnerkammfarbenen Vulvalappen über die Nase, und setzte sich so, dass er von ihrem Arschloch Mund-zu-Mund beatmet wurde, was zur Folge hatte, dass Hödlmoser blau anlief und glatt erstickt wäre, wenn nicht die enormen Pobacken immer wieder einen lebensrettenden Darmwind für ihn übrig gehabt hätten.

– Gib dich net so schnell auf, kommentierte Bruni sein Japsen. Wie oft erlebt man schon Pfingsten und Ostern an einem Tag. Schleck, sonst wirst kastriert.

Hödlmosers Kopf und Haare waren schon derart durchnässt vom Scheidensaft, dass er aussah, als wäre er den Schleimbach durchgetaucht. Auch sein in Flammen stehender Palmbuschen konnte ihm keine Erleichterung bringen, hatte doch Milla, die hintere Schwester, das arme Glied so mit Daumen und Zeigefinger umfangen, dass der Samenstrang blockiert war und nichts hinein und nicht heraus kam. Auch das Blut konnte nicht weg. Also liefen während dieser bestimmt zwanzig Minuten dauernden Tortur sowohl der Hödlmoserkopf als auch der Hödlmoserschwanz gleichermassen ins Rote, Rotblaue, Blauviolette, Schwarze. Alle Abgründe der Steiermark zeigten sich ihm, Kaiser Franz Josef, Mürzsteg, die Türken, Rosegger und die große Kernölkrise. Eiter Tschibumm.

– Gell, wir lassen uns nichts nachsagen, keuchte Bruni.

– Wir haben heute Schützenfest. Gegrüßet seist du Maria.

– Und der Hödlmoser ist unser Mister Tanzfassl, gebenedeit unter den Ständern.

– Bist leicht schon müde? Von was denn?

Ultraviolett war er wie ein Austria-Wien-Anhänger und die Frucht seines Leibes. Doch zum Glück durchlebten die Pischingers unter einem Spalier von Furzen und Rülpsern ihre neunzig Kilo-Orgasmen noch bevor Hödlmoser verschied. Und spricht zwar kein Wort, sind ihre Seelen gesund. Als sie endlich fertig gemacht waren und Hödlmoser, dem sich alles drehte, nur noch röchelte, sagte die Milla nur:

– Geh, Bochener, schau net so deppert, gib a Ruh.

– Wir müssen unserem Namen aber noch die ganze Ehre machen, beharrte Ludmilla.

– Das große Soachen?

– Genau.

Also ließen beide, während sie das Wiener Wischerllied sangen, ihrer Blase freien Lauf und pissten dort, wo sie noch immer saßen, Maria im Himmel, auf den Hödlmoser drauf, dessen Schwanz dazu unspektakulär etwas Samensekret aussonderte. Amen. Eine Erleichterung war ihm das allerdings nicht, ja, er wusste nicht einmal, ob es jetzt Sperma, Brunze, Harnröhreneiter oder sonstwas war. Vermutlich ein Gemisch aus allem. Und trotzdem sagte er noch zu sich selbst:

– Super Hödlmoser, auch wennst fast draufgegangen wärst, denen hast du es gezeigt, Beidl, das war eine Gaudi, denen hast du jetzt den Hengst gemacht. Bravo, Casanova. Sapperlot.

Verträumt sah er in das schmerzverzerrte Holzgesicht vom Herrn Jesu am Kreuz. Und der, dachte Hödlmoser, hat nur

die Maria Magdalena gehabt. Die Gegenstände begannen zu verschwimmen, alles tauchte in sich selbst, in einen Nebel. Irgendwie nahm er noch war, wie die beiden Schwestern mit einer Speckjause begannen, ein großes Glas sah er, in dem in einer Flüssigkeit die eingelegten Pfefferoni schwammen, lange, hellgrüne Gewächse, Knoblauchzehen, einen großen Ranken Geselchtes, Bauernbrot, und dann wurde es schwarz in Hödlmoser, schlief er ein.

Kaviarspiele oder Wie Hödlmoser in der Scheisse landete

Er erwachte, weil ihn fröstelte. Sein ganzer weißer Körper zitterte. Er öffnete die verklebten Augen, rieb sich Eitersteinchen aus den Ecken, sah an sich hinunter, nichts als Gänsehaut, eingetrocknete Flüssigkeiten, diverse Säfte, eingeschrumpeltes Penisfleisch, und er lag in einer Lache, deren Färbung und Geruch eindeutig sagten, das muss Scheiße sein. Scheiße. Speckwürfel schwammen darin, Essiggurkerl, Pfefferonischwänze. In Hödlmosers Nabel war eine Cocktailtomate eingelegt, während er darüber schmunzelte, griff er in sein Haar, merkte, dass auch darin etwas pickte, Brotkrümel, Senfkrusten und Lametta holte er hervor.

– Scheiß mich an, bist du ein Hengst, Hödlmoser, denen hast du es gezeigt. Er wölbte seine Brust, da kullerten schwarze, an Schafbemmerl erinnernde Kügelchen hinunter. Schoko-Rum-Dragees? Er biss in eines rein, nein, keine Schokolade, spuckte es gleich wieder aus.

– Pfui Teufel, so etwas von grauslich!

Mit einem Satz sprang er auf die Beine, merkte, dass sich sein Kopf zu drehen anfing, sein Blut noch nicht hinaufgelangte, die Augen nichts fixieren konnten, ihn ein Schwindel überfiel, instinktiv hielt er sich wo an. Der Boden schwappte hin und her, die Wände stürzten auf ihn zu, die Hirschgeweihe und die alten Kästen, alles war wie wild bewegt. Es wäre bequem gewesen, sich auf den Boden zu setzen, aber vermutlich glaubte Hödlmoser wie alle Eingeborenen, dass die bösen After-Geister, die in der Erde wohnten, dann zügig in ihn fänden. Also blieb er stehen, taumelte.

– Ein Bier, mich rettet nur ein Bier, wankte er in Richtung Kühlschrank, zischte ein Bier hinunter, rülpste, öffnete ein zweites, leerte es sich über den Kopf, duschte darin, sang:

– Der Morgenschiß kommt ganz gewiss, auch wenn es spät am Abend ist. Mit einem Geschirrtuch rieb er sich trocken, suchte sein Gewand, die vormals weißen Tennissocken, eine große gerippte Unterhose, in deren breiten, braunen Strich er sich für einen Augenblick verlor, kariertes Hemd, schwarze Hose, Jeansjacke mit Hirschhornknöpfen und ledernem Trachtenrevers. Schuhe mit Quasten, Hut.

– So, fertig. Keinesfalls hatte Hödlmoser vor, hier noch einen weiteren Tag zu bleiben. Denen hatte er es schon genug gezeigt. Aber essen könnte er noch eine Kleinigkeit. Er blickte in den Nebenraum, sah, wie die Pischingers dort schliefen. In einem fichtenhölzernen Bauernbett hatten sie sich im rotweißkarierten Tuchent eingedreht, die halben Körper waren unbedeckt. Hödlmoser sah die Bauernbrotleibe in den Waden, riesige Schinken, Wolkerlfleisch, Titten und ihre braunen Arschlöcher. Das Haar war zerrauft, die Münder offen, Speichel lief heraus. Bffbrbffbpff stotterte ein Schas aus einem Hintern, breitete sich aus. Es roch nach Schwefeldioxid.

– Bist du narrisch, schnalzte Hödlmoser mit der Zunge, die habe ich fertiggemacht.

Bruni scharchte, Milla raunzte etwas Unverständliches.

– Richtig lieb, die Madln, sagte sich Hödlmoser, der das Schas-Odeur nun doch geflüchtet war, die Speis gefunden hatte. Er machte sich einen Malzkaffee mit Sterz, sein Lieblingsessen, Powidlmarmelade in der Mitte. Zwei Teller dieser steirischen Sepia löffelte er auf, zündete sich nachher eine Zigarette an, ging hinaus, machte einen Lungenzug, streckte sich, gähnte, blinzelte in Richtung Sonne, die ihren Tageshöchststand längst passiert hatte, und dachte: Schon schön, richtig schön, das Leben, wenn es so schön schön ist. Das Sonnenlicht tanzte in hunderttausenden von kleinen Glutwirbeln, leuchtenden Lichtzäpfchen und blitzenden Punkten in der Luft. In Hödlmosers Nase kitzelte es und er musste niesen, wischte sich den Rotz von der Oberlippe und begann zu singen:

– A Mann ohne Schwanz, kann sich einen neuen ankleben, aber a Kind ohne Kopf, ist a Krüppl fürs Leben.

Schon schön dieses Leben. Die steirische Hügellandschaft war schön, die schwarze Schlacke des Misthaufens glänzte im Sonnenlicht wie Schokoladesauce auf einem Bananensplit, die Hühner schritten wie Prinzessinnen, die gerade wen köpfen lassen hatten, durch die Wiese, die verwachsenen, krüppeligen Bäume standen wie Hackstöcke fest im Wind, am Boden die Blätter in allen Verfaulungsstadien, Schattierungen von gelb bis schwarz, braune Mostäpfel die schon vom Hinschauen zu Gatsch zerfielen, Birnen mit schwarzen Punkten auf der grünlich-gelben Haut, ein plattgefahrener Igel mit großem, dreieckigem Gesicht, rot schillernde Gedärme hingen ihm aus seinem Mikadofell, auch die Düsenflugzeuge flogen schön hoch über die Landschaftsdutteln, die motorisierten Segelflieger stürzten schön hinein, schöne Wolkendecken hingen alles zu, überall verkrachte Existenzen, vom Kaiserstein stürzte sich mit einem schönen Schrei ein Selbstmörder, die Eisenbahn fuhr mit vollem Donner schnell vorüber, man sah die Reisenden, die von Wien nach Graz, oder umgekehrt, von Graz nach Wien fuhren, und beneidete sie alle, der Nebel hüllte wie ein Wattebausch die Berge ein, es war schön kalt, und man sah viele Grau- und Braunschattierungen im Gras, und dunkel war die Erde, finster, voller Geister. Hödlmoser erkannte sogar einen grünen Lodenwetterfleck, der immer größer wurde, weil er näher kam. Kein Zweifel, der war ihm bekannt, sicher, das war Jägermeister.

– So eine Gaudi. Da nutzt alles nichts, der Unsympathler schämt sich nicht. Und ich hab geglaubt, der ist längst tot. Hödlmoser, dem der Arsch buchstäblich auf Grundeis ging, lief ins Haus hinein, und sah von einer kleinen Luke aus, wie Jägermeister leicht hinkenden, aber doch festen Schrittes dem Pischingerhof näher und näher kam. Wie ein mexikanischer Bandit hatte er einen Patronengürtel umgehängt, zwei Jagdgewehre in der Hand, etwas Grimmiges im Blick. Zum Reden kam der nicht.

– Scheiß mich an. Dem Hödlmoser zitterten die Hände, seine Knie waren weich, sein Puls, er raste, raste wie verrückt,

bestimmt, dachte er, sterbe ich an einem Herzinfarkt. In seiner Angst, rannte er ins Schlafzimmer der suppenblonden Pischingers und schrie:

– Schnell, wacht auf, der Jägermeister, ich muss mich gleich verstecken, der Jägermeister wird kommen und sich an mir rächen. Schnell.

– Da hast, Angeschißener, versetzte ihm die Milla eine neunzig Kilo-Watschen, dass es den Hödlmoser auf den Boden zu den Silberfischen warf.

– Wer hat dir denn in den Kopf gekackt. Geh dich wieder niederlegen.

– Aber ich muss mich verstecken, kreischte der Hödlmoser, bitte. Ich.

– Dann geh, und versteck dich im Silo, Scheißer.

– Danke, rannte Hödlmoser Richtung Silo. Bis in die Bauernstube kam er, da musste er sehen, wie bereits die Türklinke heruntergedrückt wurde. Scheiß mich an, dachte sich Hödlmoser, jetzt ist alles aus. Er sah sich bereits, wie er in die Weisglut des Himmels eindrang, sich ganz von der Erde löste. Halleluja. Irgendwie gelang es ihm aber doch noch, sich in der Speis zu verstecken. Dort hörte er die kräftigen Schritte durch die Wohnung stacksen. Das waren vielleicht Stampfer. Heiliger Kohlrabi.

Das Auto, fuhr ein Hödlmosergedanke durch den Hödlmoserkopf, ich hätte die Schüssel wo anders abstellen müssen. Und von Krampen habe ich ihm auch erzählt. Hödlmoser spürte, wie Jägermeister da und dort stehen blieb, einzelne Dinge betrachtete, zu Boden warf. Er hörte, wie er eine Schranktür aufriss, mit dem Gewehrkolben in die Mäntel stocherte und dabei etwas fluchte, wie der Fatzke die Kellertür aufriss, alles inspizierte. Er hörte aber auch seinen eigenen Hödlmoseratem, sein Hödlmoserherz, das wie verrückt das Hödlmoserblut durch seinen Hödlmoserkörper schickte. Und er spürte, wie Jägermeister nun näher kam, und er spürte auch die blöde Hödlmoserangst um sein Hödlmoserleben, ganz deutlich spürte er, wie Jägermeister die Hand bereits auf

der Türschnalle liegen hatte, das Gewehr in Anschlag brachte, noch einmal einatmete. Der Hödlmoser-Hilfeschrei bereits in der Hödlmoserkehle steckte.

– Was ist denn hier für ein Radau? Das war Bruni.

– Den Hödlmoser such ich, brummte Jägermeister. Der schuldet mir noch was.

– Der Hödlmoser? Ich hab gesagt, er soll sich im Silo verstecken, rieb sich die Milla den Schlaf aus den Augen, gähnt den Mundgeruch des Morgens.

– So so, knurrte der Jägermeister. Dann läuft er mir ja nicht mehr weg.

– Glaub ich nicht, spuckte die torkelnde Milla eine große Auster auf den Boden.

– Dann werdets ihr zwei Hübschen mir jetzt euer Mauli schenken. Und Hödlmoser konnte durch das Schlüsselloch beobachten, wie der Jägermeister mit seinen beiden Schrotflinten die Pischingers in die Knie zwang, und sie dazu brachte, ihm gemeinsam einen zu blasen. So kam ein nur aus Mundbewegungen bestehender Eingeborenentanz zustande. Ein Tanz, in dem die ganze Steiermark steckte, die Hingabe, die Erlösung, alle Kronprinzen.

– Ich bin nämlich ein großer trauriger Zauberer, sagte der Jägermeister, geheiligt werde mein Name, und kleine Mädchen haben eine Vorliebe für traurige Zauberer, nicht. Wie der David Copperfield von einer Bandsäge zerschnitten wird, oder sich der Magic Christian ein drittes Bein anzaubert, kann auch ich etwas hervorzaubern. Ich brauche dazu nur zwei Freiwillige, die assistieren, wenn der große Hokuspokus aus einem Würstel eine Milch hervorzaubert, bitteschön, doch das ist noch der kleinste Trick. Ein weltberühmter Zauberer wie der große Hokuspokus kann noch viel, viel mehr. Aus ordinärem mürbem Menschenfleisch kann der große Hokuspokus herrliche nouvelle cuisine Gerichte, wunderbare Braten und Erfrischungsbrausen zaubern. Doch damit nicht genug, er kann auch Zwillinge verzaubern, spricht nur ein Wort und kann Köpfe zum Verschwinden bringen, einfach so. Der große Hokuspokus ist nämlich ein sehr, sehr trauriger Zauberer mit viel Drang nach Heimat und nach Gott. Wumms. Genau in dem Moment drückte Jägermeister den Abzugshahn beider Schrotflinten, zerriss es Brunis und Millas Kopf in tausende und abertausende kleinster Stücke.

Hödlmoser, der noch immer spionierte, sah zwei fette, kniende, kopflose Körper, deren Hände sich an den Oberschenkeln Jägermeisters stützten. Aus den Hälsen spritzten wilde Tomatensuppenfontänen, aber die Köpfe waren zerrissen, klebten als Einzelheiten an den Wänden und am Boden. Kleine Knochenscherben kullerten herum, Hautflankerl, weiße Hirnpatzen, Haarbüschel, ein Ohr. Es sah aus, als hätte jemand einen großen Topf Erdäpfelgulasch ausgeschüttet. Hödlmoser erbleichte. Als auch noch ein einzelner Augapfel über den Boden rollte, und so auf seinen mitgeschleiften Äderchen zu liegen kam, dass er Hödlmoser durch das Schlüsselloch hindurch direkt anstarrte, konnte er nur noch mit Mühe ein Kotzen unterdrücken. Das also war geworden aus den suppenblonden Hildegunden. Gulasch.

Aber auch Jägermeister schrie, auch er blutete. Zwar hatte er sich diesmal nicht ins Bein gepeffert, doch war während des Abdrückens noch sein Penis in einer der Pischingers gesteckt. Ein letzter Muskelreflex vielleicht? Jedenfalls hatte der Mund noch zugebissen, während es den Rest zerriss. Nun steckten mehrere Zähne in Jägermeisters Schwanz, gleich hinter der Eichel, so dass er aussah wie ein Negerkönig mit einer umgehängten Perlenkette. Jägermeister zog sich die Zähne einzeln raus, warf sie gegen den Herrgottswinkel, band eine Socke um sein Glied, und steckte es sich wieder ein. Die starren, kopflosen Pischingerkörper trat er um. Sie fielen aber nicht zur Seite, sondern auf die Rücken, sahen aus wie sonderbare, seltsam designte Hocker.

– So, hilft alles nichts, pfiat euch, Madln, jetzt müssen wir uns um den Hödlmoser kümmern. Dem geht's viel zu gut. Jägermeister ging hinaus, klatschte in die Hände, lachte, trat nach einem Huhn, fand eine lange Holzleiter, lehnte sie am Silo an, kletterte hinauf.

– Hödlmoser, brauchst dich net ranten, ich komm eh schon. Lass dir nur Zeit.

Von allen Steirerstämmen ist der Hödlmoser den anderen an Intelligenz, Geltungsbedürfnis und Entwicklungsfähigkeit überlegen. Und tatsächlich überzuckerte er seine Chance und schlich *Das ist deine Chance, Hödlmoser* murmelnd, dem Jägermeister hinterher, sah, wie der die Leiter hochstieg.

– Wenn er ganz oben ist und sich in den Silo beugt, genau in dem Moment musst du die Leiter nehmen, sprach sich Hödlmoser selber Mut zu, dann fällt er hinein, erstickt. Das ist ganz einfach Hödlmoser, so etwas machst du doch mit links. Und so geschah es auch.

Jägermeister kletterte hinauf, schrie in den Silo was hinein, Hödlmoser schlich sich an, gelangte bis zur Leiter, hörte zu atmen auf, fasste die Holzstangen mit beiden Händen an, wollte sie gerade heben, als er spürte, wie man ihn beobachtete. Hödlmoser dachte an das lose Pischingergeschau, bekam ein ungutes Gefühl, drehte sich um, sah das Auge des Gesetzes, Primsen und Kasler, die beiden Polizisten näherkommen. Sofort überkam es ihn, liess er den Silo Silo, den Jägermeister Jägermeister und die Leiter Leiter sein, rannte er, so schnell er konnte, rannte und schlug Haken, rannte, weil er auf die ersten Schüsse wartete, rannte, doch die Schüsse kamen nicht, rannte, bis er einen Wald erreichte, rannte, bis er kaum noch schnaufen konnte, rannte weiter durch den Wald, rannte durchs Gestrüpp, durch Büsche, Hecken, Jungwald, über eine Wiese rannte er, durch Bärlauch, Schlüsselblumen, Raps und Klee, und er rannte, bis er ein Haus sah, geschmacklos wie alle Häuser hier, dort rannte er nun hin, und wie er endlich dort war, sah er einen Bauer und zwei Knechte, freudig winkte er ihnen, sie aber schienen ihn noch nicht zu sehen, hätte er mehr Kondition gehabt, er hätte ihnen etwas zugeschrien. Hallo. Zum Glück hat er das nicht getan, als er nämlich näher kam, erkannte Hödlmoser Primsen, Kasler, Jägermeister, dass er im Kreis gelaufen war. Gott sei Dank hatten sie ihn nicht gesehen, fand er gerade noch die Zeit, sich in einem Hüttl zu verstecken. In einem Hüttl, das ein Häusl war. Es roch haarsträubend nach Kot.

Hödlmoser setzte sich auf die notdürftig montierte Klobrille und keuchte. Atem stiess er in sich rein, bis er langsam sich beruhigte. Gelangweilt sah er die ins Holz geritzten Herzen, Namen, Sprüche: *Hier in diesem Häusl wohnt der Leni-Geist, der jedem in die Eier beißt. Nudeln frisst die Leni auch, aber nur mit ihrem Bauch. Jesus sprach zu seine Jünger: Ist kein Papier da, machen wir es mit die Finger. Kartnig was here.*

In Hödlmosers Kehle zwitscherten Schleimlerchen und in seinem Kopf lösten sich nun Bilder, in denen kleine Kinder eine Blutlache von einem Linoleumboden leckten, Blut, das er, Hödlmoser, aus seinem Knie blutete. Ja, er sah sogar Kinder, die direkt von seinem blutenden Knie tranken. Bis heute wusste er nicht, ob er diese Szene irgendwann geträumt oder ob sie sich tatsächlich in seinem Fladnitzer Kindergarten abgespielt hatte.

Er verwarf das Bild und sah nun einen Wirtshaustisch mit honorigen Herren, die Backenbärte wie Fischflossen hatten. Die Kommission zur Festsetzung der Familiennamen zur Zeit Maria Theresias. Jeder Familienvater musste hier erscheinen und bekam einen Familiennamen zugeteilt. Die Herren stellten Fragen, woher man kam, Fohnsdorf, also wurde man Fohnsdorfer genannt. Was man für einen Beruf hatte? Fassbinder, also hieß man so. Manche aber sagten nicht gleich etwas, weil sie noch kein Hochdeutsch sprachen, also nannte man sie Schweiger, Stummer oder Schauer. Andre hinkten, Krumpfuß, gingen schon auf Krücken, Stockreiter, hatten sie Husten, nannte man sie Kutzer, war ihr Kopf voll Locken, hieß man Kraushaar sie, waren sie beleibt, nannte man sie Kasler oder Dickinger. Griebl, wenn sie Grammeln grinsten oder Grübchen in der Wange hatten. Führten sie sich auf, nannte man sie Gasperl, Stritzel oder Schranz. Trummer, die mit einer großen Nase, Hochhauser, wenn sie zweistöckig

wohnten, kamen sie aus der Einöde, hieß man sie Eder, leiteten sie ein Mädchenpensionat, nannte man sie Schnepfenleiter, Schlögl, wenn sie Metzker waren, Androsch den Raufbold, Hitler den, der ausgerechnet jetzt aufs Häusl musste, Bretterebner den Tischler, Stritzinger oder Brettschneider den Lausbub, konnte Hödlmoser für jeden x-beliebigen Namen eine Herleitung erfinden, freute er sich darüber und wippte voller Erregung mit dem Sitzbrett. Höllriegel, überlegte er, genau in dem Moment spaltet sich das Brett, auf dem er saß, zeigte sich ein Riss, tat auf den Schlund zur Hölle, und riss Hödlmoser mitsamt der Klobrille in die Tiefe. Wie der unbarmherzige Mechanismus einer Falltür sprang das Brett entzwei, verschluckte Hödlmoser und schnappte wieder zu, so dass es aussah, als wäre nichts geschehen.

Hödlmoser aber steckte in der Scheiße.

– So riechts im Ostblock auch wie hier herinnen. Lauter kleine Häufchen in den verschiedensten Braunschattierungen lagen ihm zum Greifen nahe, breiige Haufen neben dunklen schwarzen Würsten, die mit einem Glanzfilm überzogen waren, poröse braune Würste neben fladenartigen, fast flüssigen semmelblonden Haufen, halbverdaute Gemüsereste, feste, schwarze Bemmerl, Unmengen Klopapier, die nicht nur auf der braunen Masse und auf den diversen Latschen lagen, auch die Wände waren damit übersät, ein bisschen sah es aus wie die Weihnachtsbeleuchtung in Mürzzuschlag, wie unter einem Christbaum, und etwas wie in einer mit Schimmelpilzen überzogenen Grotte. Allerdings waren hier überall Insekten, Spinnen und Fliegen, dicke fliegende Fleischknoten, die sich um die krautartigen, porösen Haufen drängten. Verdautes Kraut, dachte Hödlmoser. Nein, stellte er schon wenig später fest. Lauter kleine Würmchen. Blutegel! Sie schlängelten über die Häufchen und Papierbällchen, indem sie abwechselnd ihren hinteren oder ihren vorderen Saugnapf vorschoben. Grauslich. Gelegentlich hielten sie an, bäumten sich mit ihrem winzigen, schlauchartigem Körper auf und schwenkten die Periskopmäuler hin und her, um den Geruch des Hödlmoserblutes festzustellen. Das war das Ende. Gleich würden sie ihre mit Widerhaken besetzten Mäuler in die Hödlmoserhaut rammen, und sich vollsaugen, bis sie platzten. Nun war es vorbei, Hödlmoser verlor die Besinnung. Nur dumpf, wie in einem flüchtigen Traum, nahm noch wahr, wie das Lichtloch im wieder intakten Sitzbrett von einem Arsch verfinstert wurde, weshalb nun nur noch ein einziger, durch den Glumse genannten Arschbackenschlitz hindurchgelassener Lichtstrahl zu ihm runterschien, so dass es aussah wie in einer Kathedrale bei Sonnenaufgang. Statt des heiligen Geistes kam aber schon bald ein Schwall flüssiger, stinkender Scheiße, der beim Aufprall superb spritzte. Mehrere Kügelchen Klopapier flogen hinterher, und obendrein blickte ein befriedigt dreinsehendes Kaslergesicht hinunter. Genau in dem Moment räusperte sich Hödlmoser, dann fiel er in Ohnmacht. Kasler erbleichte, schrie hinunter:

– Melden! Ist da jemand? Melden. Noch während er schrie, erkannte er aber die Unsinnigkeit dieses Tuns. Fluchtartig verließ er das Häusel.

Im Polizeiauto warteten bereits Primsen und der geknebelte, mit Hand- und Fußschellen gefesselte Jägermeister, dem die Beamten vor allem die Daumen-in-Mund-und-Arschloch-Sache anlasteten.

– Und, was ist, fragte Primsen, tun wir den jungen Burschen noch ein bisserl im Häusel tümpfeln?

– Heuer nimmer, waren schon genug Selbstmorde heuer, wollte Kasler nicht zugeben, dass ihm dieses Häusel nicht mehr ganz geheuer war.

Auch Jägermeister war das nur recht, obwohl er ganz genau wusste, dass er auf der Polizeistation schon noch sein Fett abbekommen würde. Und tatsächlich. Mord aber konnte man ihm trotz ausgelassener Tretkur, Knackwatschen und Stiegenfall keinen nachweisen. Dass er mit den 17 Männerleichen, die man im Silo der Pischingers fand, etwas zu tun haben könnte, wurde vom Schnellgericht als nicht sehr wahrscheinlich angesehen. Bei der Verhandlung gelang es seinem Verteidiger sogar, den Tod der Pischingers als raffinierten und gemeinen Doppelselbstmord hinzustellen, der nichts anderes bezwecken wollte, als seinen Mandanten in ein schlechtes Licht zu rücken. Dennoch sollte sich die kurze Strafzeit Jägermeisters, die er in der Strafanstalt Graz-Karlau verbüßte, aufgrund seines außerordentlich schlechten Betragens immer wieder verlängern. Vor allem sein von Psychologen als Mauli-Komplex bezeichnetes Sexualleben schob seinen Haftentlassungsbestrebungen immer wieder einen Riegel vor. Auch war es nicht gerade förderlich, wenn Mitgefangene angaben, dass er immer wieder Rache an einem gewissen Hödlmoser schwor.

Wie Hödlmoser zu einem Yogi wurde

Wie Raubvögel kreisten die Raben am Himmel, schrien Krah wie Pfefferkörndl, die Geräusche der Eisenbahn donnerten durchs Tal, laut, als ob ein Flugzeug käme. Der Himmel war mit Wolken zugepflastert, und die Atemluft, kaum aus dem Mund heraußen, lief weiß an, gefror. Die Landschaft war, als hätte Gott einen Wutanfall gehabt, besinnungslos in die Erde reingehackt, und geflucht *I hacki, hacki alles auseinand. Weil, wenn i sagi i hacki, dann hacki a, i hacki.* So musste sie entstanden sein, die Mürzfurche. Oder war sie doch so etwas wie eine Geographie gewordene Vagina? Dann wäre Mürzzuschlag der Kitzler. Die Fröschnitz wäre das Sekret, der Scheidensaft. An ihrem Ufer hockten sie, die Mürzer, zwischen großer und kleiner Schamlippe, und so etwas färbt natürlich ab.

– Komm außa, du Teufel, hörte man eine helle, überdrehte Stimme Saltos schlagen. Komm außa! Mit Mistforken standen welche da und stachen in die kalte, gnadenlose Luft. Außa. Fackeln hatten sie dabei, Benzin. Die Fäuste ballten sie und fluchten. Eine Flasche Slibowitz ging von Mund zu Mund, brannte Speiseröhren aus. Sie soffen, wischten sich den Geifer ab und spuckten immer wieder in die Richtung eines kleinen Holzhauses, dachten an Antupfen und rieben sich den Schwanz. Wie sie die verschreckten Braunkohleaugen hinter der angelaufenen Fensterscheibe glühen sahen, brüllten sie:

– Jetzt reichts! Außa. Mia schreien uns da an Oast o, und de schaut ausm Fenster zu. Komm außa, sonst zünden wir dir s'Häusel an, du Hex. Partikel du. Du Schwanzfriedhof. Wüllst gsund sterbn.

Alle waren sie da, der alte und der junge Beiskammer, der Bist-du-narrisch-Ainhirn genauso wie der Machherndl und der Fürst Josef, der Hollergschwandter, sogar der Bürgermeister, der Doktor, der Herr Fachlehrer und der Pfarrer, alle waren sie da und ballten die Faust in ihre Richtung wie die Eicheln in den Unterhosen, alle wollten sie sie heute brennen sehen, die Waldschratin. *Man muss ja für das Selbstverständliche Verständnis haben, für das Unselbstverständliche aber selbstverständlich nicht.* Unheimlich war sie ihnen, die Waldschratin, mit geheimen Mächten war die im Verbund, mit Feen, Zwergerln, Gnomen und der Steirischen Energiewerke AG, mit der ganzen Waldgeistschar. Aufs Brauen von Kräutertränken verstand sie sich, aufs Nägelschneiden und Neidwurzenentfernen, aufs Anfertigen von Amuletten und aufs Fluchen. Außa. Man sagte ihr auch nach, dass sie jemand verwünschen konnte, ja, umbringen sogar. Der Ainhirn hatte gesagt, bist du narrisch, er hätte sie sogar ein Hundegulasch machen gesehen. Außa.

Lange Zeit hatten die Dörfler das als Unsinn abgetan, als Aberglauben, Weibszauber. Aber da seit dem letzten Sommer immer wieder Männer abhanden gekommen waren, wurde mancher doch ein wenig misstrauisch. Gut, zwei pro Woche stürzen sich vom Kaiserstein, drei betätigen sich als Geisterfahrer, einer hängt sich auf, vier erfrieren, der eine oder andere fällt besoffen in die Fröschnitz und ersäuft, mancher sucht sein Glück in Wien, in Graz, in Bruck, im Steirisch-Kongo, kommt alles vor. Aber 79 junge Männer, alles was Recht ist, sind zuviel. Das kann man nicht einmal den Angehörigen erklären. Also suchte man nach einem Sündenbock, nach einem, dem man alle Sünden aufladen konnte, bevor man ihn dem Feuer übergab. Dazu waren sie entschlossen, alle. Sogar die beiden Kieberer Primsen und Kasler standen mit dabei. Nein, konnte sich die Waldschratin sicher sein, niemand war in dieser grölenden, brodelnden, kurz vorm Kochen und Überlaufen stehenden Masse noch dabei, der kühlen und ihr helfen würde. Sie weinte, als sie diesen Auflauf sah, die Außa-Rufe hörte.

Exkurs: Die Sprache

Da keine Steirersprache Schriftzeichen entworfen hat, bleibt auch die Transkription des Mürzischen ein Rätsel. Die Untersuchungen der diversen Mürzologen sind außerdem umstritten und längst noch nicht verifiziert. Die Mürzer Linguistik

ist ein Ding für sich. Dabei ist die Sprache der Mürzer ja von Grund auf einfach, man kennt nämlich nur zwei Fälle, den Waos-Fall und den Woi-Fall, der sich manchmal zu einen *woiwoi* steigert. Auch *wastwos* kommt vor. Worauf der Sprachkundige meist mit *Bemmerlscheißtderhos* reagiert. Manchmal lässt er sich aber auch zu einer nonverbalen Knackwatschen hinreißen. Die einzige Personalform des Muerzischen ist *mia*, ein egoistischer Singularplural. Kommt die Aufregung, ein Rausch oder ein kalter Wind hinzu, bleibt als einzige Zeitform nur der Indikativ Präsens übrig, mit dem man eine Zukunft bildet, indem man *wollen* an das Verb anhängt, du außakommen wollen. Die Vergangenheit bildet man mit *beendet*. Wie alle anderen Steirer Dialekte zeichnet sich auch das Mürzische durch eine Nichtkenntnis von Lokalpräpositionen aus, weshalb es heißt: Gehn ma Billa. Gehn ma Schul. Gehn ma Liegen. Gehn ma Graz. Gehn ma Spital. Gehn ma Paradies.

Also lautete das Tagesprogramm der Muerzer Männer heute: Gehn ma Hexe. Hexe außa haben wollen, schnackseln, verbrennen wollen, verbrennen beendet. Bier trinken wollen, Tag beendet. Fertig. Gut.

Die Steiermark ist so reich an Sehenswürdigkeiten und Naturschönheiten, dass ein dickes Buch nicht ausreichen würde, sie alle zu beschreiben. Doch seien wenigstens einige hier kurz vorgestellt. Zum Beispiel die gute Nachbarschaft.

Lachen klatschte durch den Wind, wie Fetzen flogen ihr die Außa-, Außa-Rufe zu. Dabei war die Waldschratin jung, doch dass sie nie mit einem Dörfler antupfen wollte, werkeln, zwikken, oder wie immer man es sonst noch nannte, verzieh man ihr halt nicht. Wilde, karottenfarbene Haare, einen weißen über und über mit zimtenen Sommersprossen besprenkelten Körper, braungrüne Augen, Muttermale wie Rosinen im Guglhupf, einen vollen, mit hellen Lippen besetzten Rosamund, aber daneben eine schwarze Warze, die man hier für ein untrügliches Teufelszeichen ansah. Sie zitterte am ganzen Leib, denn sie wusste, was nun kam. Vor acht Jahren hatte man auch ein junges Mensch als Weibsteufel und Sündenbock erkannt. Später stellte sich zwar ein junger Feuerwehrmann als tatsächlicher Brandleger heraus, aber die wahre Schuldige und Höllenpaktlerin war sicher dieses Mensch. Gerade daran, sprach der Pfarrer alle an der Lynchjustiz Beteiligten frei, dass auch nach der Aktion die Brandlegungen zwei Jahre lang nicht abrissen, zeigte sich die wahre Schuld dieser Ebenhofer Penelope. Denn die Logik des Teufels ist oft unergründlich und kompliziert.

Zuerst, roch die Waldschratin schon den Benzin, würde man ihr das Haus anzünden, und lief sie dann hinaus, würde man sie scheren und an einem Pfahl anbinden, aber mit gespreizten Beinen. Dann taten sich alle daran gütlich, ihr die Schuld auch einzufüllen. Zwanzig, dreißig Männer zogen der Reihe nach ihren Geschlechtshammer heraus und nagelten sie zu. Was noch ging, im Vergleich zu dem, was folgte. Scham und Achselhaare würde man versengen, weil dort stets der Sitz des Bösen war. Nachher würde man den Bauch ihr schlitzen, den Darm rausrreißen und ihn in die Länge ziehen. Das Ende über einem Feuer braten, und jeder müsste davon etwas essen. Salz und Schnaps dazu. Dann erst würde man den Pfahl entzünden, Wanderlieder dazu singen, während sie verbrannte.

– Warum, warum nur flehte sie zum mit Schnitzereien versehenen Deckenbalken. Warum? Herrgott, was habe ich getan, Herr Jesus hilf, zeig mir, dass es dich gibt, erbarme dich jetzt meiner, lass mich nicht so hinschlachten, vergiss doch nicht auf meiner, Herr Jesus, wenn es dich gibt, dann schau herunter jetzt und hilf. Und auch du, heilige Steiermark, hilf du auch. Gegrüßet seist du Steiermark, voll der Gnade, der Herr ist mit dir. Du bist gebenedeit unter den Bundesländern, und gebenedeit ist die Frucht deines Leibes, Mürz. Heilige Steiermark, bitt für mich, Sünderin jetzt und und der Stunde meines Todes. Sei gegrüßt, o Königin, Steiermark der Barmherzigkeit, unser Leben, unsere Wonne, unsere Hoffnung, sei gegrüßt. Zu dir rufe ich, wohlan, jetzt hilf.

Draußen aber wurden die mitgebrachten Fackeln schon entzündet, «Komm außa«, schrie man, »hilft ja nichts, wir wollen ja das Häusel wenigstens erhalten. Nicht einmal der Teufel kann dir jetzt noch helfen, du siehst, du hast dich mit dem Falschen eingelassen, mit dem Höllischen, der dir jetzt auch nicht hilft. Für dich ist es vorbei, bereue deine Sünden, komm heraus, weil der Herrgott hat dich längst verstoßen. Komm heraus, damit wir dir flüssige Hostie in deine grausliche Urfut pumpen. Komm heraus, damit wir unseren heiligen Geist in dein dreckiges, teuflisches Arschloch spritzen. Außa komm. Wir haben nicht so viel Zeit, wir haben das Bedürfnis, uns morgen einmal auszuschlafen. Komm jetzt, komm.«

Da bereitete sich auf einmal ein bestialischer Gestank zum Gotterbarmen aus, so als ob man alle Adelgruben gleichzeitig ausgehoben und über sie geschüttet hätte, als hätte man alle Papierfabriken hierher verlegt. Ein riesiger, gigantischer Ostereierschas. Fürchterlich, hielt man sich die Nase zu. Wir sind im Arsch. Das sind gomorrhische Verhältnisse.

– Ein Trick, schrie der Pfarrer, nichts als ein billiger, patscherter Zaubertrick. Lasst euch nicht ablenken, schnappt sie euch. Zündet die Hütte an, Feuer legt. Doch genau in dem Moment tauchte mitten aus der Abendsonne etwas auf, eine unermessliche, gleißende Erscheinung, die alle blendete und alle zum Verstummen brachte. Gebannt sahen sie, wie etwas langsam näher kam. Totenstill war es, kein Schnaufer, nichts. Niemand wagte sich zu rühren, und allen ging der Puls auf 180. Jetzt war es vorbei, das war der Höllenfürst persönlich, oder zumindest einer seiner Oberteufel. Der Golem mindestens. Über und über mit Erdschollen bedeckt, worin die Kröten hockten, eine krustige, mächtige Gestalt, die unbeirrbar Richtung Versammlung schritt. Und was hielt er da in seinen Händen? Wie ein Zepter und eine Krone sah das aus, der Fürst der Unterwelt, der Erdschollen, entsetzlich. Grundgütiger.

– Ich bin kein Theoretiker, schrie einer, ich lese nicht so oft im heiligen Buch, aber sprechen kann ich, ich werde euch was sagen.

2-1

– Amagedon, schrie der Pfarrer, das jüngste Gericht. Jetzt ist es aus. Aus! Vorbei!

– Weg. Schnell weg. Den Männern rutschte das Herz in die Oberschenkel und von dort in die Zehen, sie rannten, rannten um ihr Leben. Keiner drehte sich noch einmal um. Sie rannten, rannten, was sie konnten.

Die verschreckte Waldschratin aber kam heraus, sah den Krustengolem und sagte:

– Teufel, dann stimmt es also, bin ich also doch mit dir im Bunde. Wenn das so ist, dann danke ich dir recht schön, weil du mir das Leben jetzt gerettet hast, und auch wenn du ganz erbärmlich stinkst, woran ich mich wahrscheinlich nie gewöhnen werde, so. Plötzlich hielt sie inne. Sie hatte die Quintessenz der höllischen Reichsinsignien als Toilettenzubehör, das Zepter als Klorollenhalter und die Krone als gebrochene Klobrille identifiziert. Ist er vielleicht gar kein Teufel, ging es ihr durch den Kopf, ist er vielleicht nur ein illegaler jugoslawischer Kanalbaraberer? Ein Stummer? Für einen Teufel sah er jedenfalls erbärmlich aus, nicht einmal Hufe hatte er, keinen Schwanz, und Feuer spie er auch nicht viel.

Sie hatte nun kaum noch Angst, stupste ihn ins Haus, ins Badezimmer, drehte die Dusche an und wartete, bis das Wasser Körpertemperatur erreichte, dann schob sie ihn hinein. Mit Unmengen Dreck füllte sich das Wasser, Dreck und wieder Dreck, und Kathi, so hieß die Waldschratin, hatte schon Angst, dass sich der ganze Höllenfürst wie ein Erdklumpen auflösen würde. Minutenlang nur braunes Wasser, Steine, Erdkrusten und kleine Zweige. Dreck und wieder Dreck. Und was für ein Gestank, zum Gotterbarmen. Erst nach einer Viertelstunde kam allmählich wer zum Vorschein, Hödlmoser.

– Ja, du bist ja gar kein Yogi, du bist ja ein Mann, und nicht einmal ein ganz ein schiacher, war Kathi hocherfreut. Hast du Hunger? Magst du Knödel? Kaspressknödel? Schluzkrapfen? Bratknödel? Speckknödel? Hascheeknödel? Nein, das sind keine Haschknödel. Sicher hat du Hunger. Vielleicht Grammelknödel? Oder süße Knödel? Was sagst?

Aber Hödlmoser zitterte am ganzen Leib. Er hatte Erfrierungen und konnte immer noch nichts sagen. Ob er ein Trottel war? Ein effektiv Depperter. Oder ein Entsprungener aus der Karlau? Egal. Für Kathi war er ein Held. Sie legte ihn ins Bett und versuchte ihm Bier und Knödel einzuflößen, doch Hödlmoser spuckte alles wieder aus, blieb unterkühlt - wie tot.

– Weißt du, sagte Kathi, ich kann dich gut verstehen, mir ist auch immer so kalt. Und meine einzige Angst vorm Tod ist, dass ich friere, darum hätte mir das Verbrennen gar nicht soviel ausgemacht. Wenn ich einmal tot bin, habe ich nur eine Bitte, dass man mir gelegentlich mal eine Wärmflasche hinunterwirft. Noch besser wäre natürlich eine Heizdecke. Oder ich lasse mich gleich neben einer Fernwärmeleitung begraben. Ob das geht? Diese Kälte ist so schrecklich, das Schlimmste, was es gibt. Aber da war Hödlmoser schon sanft entschlummert. Die Kathi kroch zu ihrem Retter, kuschelte sich an ihn an, und dachte, komisch, dass der immer noch derart nach Scheiße riecht. Und Knödel isst er auch nicht. Ist so etwas ein Steirer?

– Wie ein Berserker hat er sich aufgeführt, und um sich geschlagen hat er wie ein einstürzender Dachstuhl, solche Pranken, mindestens, und Krallen wie Zimmermanns-Nägel, so einen Kopf, machte der Machherndl eine ausholende Handbewegung. Eine Bestie!

– So, da ist noch eine Marille, stellte der junge Beiskammer eine Flasche klaren Inhalts auf den Tisch. Für die Mimikri.

– Vier Meter war er groß, und Feuer hat er gespien, die reinste Energieverschwendung, bist du narrisch.

– Der Teufel persönlich, sagte der Pfarrer. Der Teufel ist die Kathi holen gekommen, und wir haben es gesehen.

– Wir sind gar nicht z'reden gekommen mit dem Satanas, weil er es so eilig hatte. Dabei, ich hätte ihm das Meine durchaus gesagt.

– So, die Bradlfettbrote, brachte der alte Beiskammer Brote mit purem Fett und dick geschnittenen Zwiebelringen. Für die Mimesis.

– Und Hörner, solche Hörner hat er gehabt, außen war er Erde, aber innen, innen war er Lava, biss der Fürst Josef in ein Brot, und spürte, wie ihm der Zwiebel in die Augen stieg. Der hätte uns alle, alle hätte uns der alle machen können.

– Wir gehen da nicht mehr hin. Wir nicht.

– Was geht denn uns die Kathi an. Ja, was denn.

– Aber der Primsen und der Kasler, die zwei werden schon nachschauen gehen müssen. Gut, dass es so tüchtige Gendarmen wie den Primsen und den Kasler gibt.

– Ich trauert mich das nicht, bist du narrisch. Ich nicht.

– Ich glaub, ihr seids ein paar Yogis, klopfte Primsen seinen Zeigefinger auf die Stirn, und auch Kasler machte mit der Hand so etwas wie einen Scheibenwischer.

– Oder wer da ein Yogi ist.

Exkurs: Yogi

Ungefähr im Mai 1977 wurde im österreichischen Rundfunk während einer Dokumentarsendung über das tibetanische Hochland das Wort Yogi erstmals gebraucht, das niemand, aber wirklich niemand in Mürzzuschlag rezipieren konnte, von den umliegenden Bewohnern der Gemeinde Ganz gar nicht zu reden. Dennoch wurde das Wort Yogi von einem Mürzer Rundfunkkonsumenten aufgeschnappt und trotz unzureichen der intellektueller Fähigkeiten auch sofort verwendet. Anstatt sich aber irgendwie zu informieren, hat er einen anderen, ihm nicht genehmen Menschen mit eindeutig beleidigender Absicht damit bezeichnet: *Du, du Yogi, du*. Das hat gesessen. Ohne viel zu überlegen hat der Beleidigte zurückgeschimpft: *Selber Yogi, du, du Yogi du*. Und so hat das Wort Yogi allmählich als Terminus der Diffamierung Eingang in den allgemeinen mürzer Sprachschatz gefunden, bis es letztlich sogar in den Jargon gesickert ist. Aber noch immer weiß kaum jemand, was Yogi eigentlich bedeutet und woher es kommt. Untersuchungen haben ergehen, dass man das Wort noch immer nicht so recht verstand. Ein Yogi? Ja, was kann das schon viel sein? Ein besserer Jogerl allenfalls. Eine Kreuzung aus Yeti und Fakir, ein kapfenberger Fliesenleger allenfalls. Ein Yogi halt, ein Apfelsaft aus Ybbs.

Leck o mio

Auf der Fröschnitz lag ein perlendes Funkeln, gefrorener Nebel hatte die Fenster beschichtet, es war eisig klar. Hellblau der Himmel. Hödlmoser erwachte, weil ihn fröstelte. Sein ganzer weißer Körper zitterte. Er öffnete die Augen, rieb sich kleine Eitersteinchen aus den Ecken, sah an sich hinunter, Gänsehaut, dabei hatte er einen Pyjama an, der ihm nicht gehörte. Auch roch es etwas streng. Er sprang aus dem Bett, tapste herum, fand ein Bier und zische es hinunter. Ahhh. Nach dem dritten fühlte er, wie seine Lebensgeister allmählich zurückkehrten, er rülpste und begann zu singen:

– Ich möchte gleich vögeln, ich möchte gleich vögeln, ich möchte gleich Vögel durch die Lüfte ziehen. Ich möchte gleich stemmen, ich möchte gleich stemmen, ich möchte gleich Stämmen stehen im Wald. Mir steht der Dicke, mir steht der Dicke, mir steht der dicke Angstschweiß auf der Stirn.

Aber wo war er hier überhaupt? Gebeizte Holzwände? Irgendwie konnte er sich an gar nichts mehr erinnern. Überall hingen hier Krickerl und Geweihe, ausgestopfte Marder und Rebhühner, Fasanenköpfe und Iltisse, Bilder mit Hirschen und Wäldern. Photographien, auf denen stets ein Jäger abgebildet war, einmal hatte er seinen dreckigen Jägerstiefel auf einem Hirschkopf stehen, dann stand er wie ein KZ-Aufseher inmitten hunderter erschossener Hasen, oder er hatte zwei Fuchskadaver in der Hand. Hödlmoser ging herum und spuckte, besah sich die wie einen Jägerhochstand eingerichtete Bauernsitzecke, den Bücherschrank, nur Waffenbücher, die Garderobe, lauter Jägerhüte. War er in ein Forst- und Jagdwirtschaftsmuseum geraten? In einen Habsburger Sommersitz? Mit dem Finger berührte er die Gegenstände, zeigte einer Photographie die Zunge, und da sah er ihn und fuhr zusammen, groß und mächtig stand er da, ganz in Montur, das Gewehr über der Schulter, Schnauzer, grimmiger Blick.

Ein zweiter Jägermeister. Der Hund an seiner Seite knurrte. Jetzt war es wieder einmal soweit. Gleich würde ihm der Jäger eine überziehen. Noch aber rührte er sich nicht. Sein Blick war uneinsichtig, starr. Eine Autorität. Hödlmoser hatte sich gebückt und war gesenkten Blicks zurück getrippelt.

– Bitte, Ritter Kunibert, äh, Herr Jägermeister II, ich habe mich ja nur ein wenig umgesehen.

Einen scharfen, militärischen Ton hatte er erwartet, einen Befehl, doch der Jäger ließ ihn leiden, blieb eigentümlich stumm und unbewegt, sogar der Hund schien sich nicht zu rühren. Jetzt erst erkannte Hödlmoser, dass mit beiden was nicht stimmte, beide waren ausgestopft. Phuhh, Mumien, Staubfänger, zog Hödlmoser nun den Hund am Ohr, stieß dem Jäger seinen Hut vom Kopf, grinste. Da räusperte sich etwas, räkelte sich was, zuckte Hödlmoser noch einmal zusammen.

– Lass meinen Vater und den Bruno in Ruh. Die sind empfindlich, gähnte etwas aus dem Bett. Ein Mädchen, ein halbwegs hübsches noch dazu.

– Hast schon gefrühstückt, rappelte sie sich auf und reichte Hödlmoser einen Dosenöffner und eine Thunfischdose.

Eine Stunde und zwei Thunfisch- und eine Dorschleberdose später hatte die Kathi erzählt, was gestern alles passiert war, die aufgebrachte Gemeinschaft und der Ackermann aus Kot, wie sich alle angeschißen haben und Hals über Kopf davongelaufen sind, auch dass ihr Vater, ein passionierter Jäger, vor zwei Jahren von einem Wilderer erschossen worden ist. Sein zeitlebens größter Wunsch war es immer gewesen, dass man ihn ausstopft und neben Bruno stellt. Und da steht er nun. Herz und Innereien sind im Gefrierfach aufgehoben. Man weiß ja sonst auch nicht, was aus einem Toten wird. Schimmelfrass, verfaulen tun sie. Die ganzen Millionen Toten auf den Friedhöfen faulen vor sich hin, werden grüne Schwämme, Aquarienzubehör.

Die nackte weißhäutige Kathi stand neben ihrem gegerbten Vater, küsste ihn. Hödlmoser war mehr auf ihren Mösenbuschen konzentriert als auf das, was sie ihm sagte. Von Frühling bis Herbst lebte sie vom Pellerinen- und Schirmverkauf, im Winter manchmal von der Eisenbahn. Dann ging sie durch die Gänge der Waggons und verkaufte Kaffee, Limonade, Sandwich, Bier – doch damit war nun Schluss, nun, wo sie ein Kind bekam, von ihm, dem Hödlmoser.

Die Steirer glauben, das Gleichgewicht zwischen Ordnung und Chaos im Universum könne nur durch ein ununterbrochenes Kinderkriegen aufrechterhalten werden. So ist die Steiermark auch zum mächtigsten Land der Welt geworden. Die United Steiermark ist heute weltweit ein Begriff, zumindest in der Steiermark. Aber das Besingen der Sehnsucht vom Kinderkriegen hat sogar die ansonsten nur aus Zwuschpeln, Räuspern und Knoipseln bestehende Steirermusik erfolgreich werden lassen. Sogar der Steirerfilm hat reüssiert.

Ein Kind, ein Rauschkind noch dazu, so etwas Saublödes, wischte sich Hödlmoser das Fischfett aus dem Gesicht. Lässt mich so ins Messer greifen. Ein Kind, und ich habe nichts davon gehabt.

– Irgendwo muss ich es ja herhaben, beharrt der zimtrote Brunzbuschn.

– War der Doktor überhaupt schon da?

– Ich spür's, ganz egal, was jeder Doktor sagt, ich spür's. Das ganze Universum.

– Anerkennenswert, seufzte Hödlmoser, was liegt, das pickt, dann werden wir wohl heiraten müssen.

– Und was, wenn ich nicht will?

– Ist's schon wieder aus? Wenn's aus ist, hab ich auch das Bummerl.

– Sicher will ich, fiel ihm die Kathi um den Hals und umklammerte ihn mit ihren kalten weißen Füssen und busselte ihn ab und jauchzte, dass dem Hödlmoser gleich ganz anders wurde.

– Weißt du was, zur Feier des Tages stechen wir ein Schwein und machen uns ein gutes Blunzengröstl, trommelten die Fäuste der Kathi gegen den Hödlmoserbauch.

Schon wenig später stand sie mit einem langstieligen Messer im ouinkenden Stall und flüsterte dem Schwein gut zu:

– Na, komm schon, Schwein, Schweindi, liebes Schwein, bekommst auch etwas Schönes, komm, na komm. Und ehe sich das Schwein versah, hatte es schon einen tiefen Schnitt in der Kehle, ouinkte noch zweimal entsetzt über soviel Falschheit, machte einen Sterbensgrunzer und fiel um. Während sich die Schweineseele davonmachte, und auf eine Reinkarnation als Wildsau hoffte, hielt Kathi dem Schweinskadaver eine hellgelbe Plastikschüssel an die Wunde und fing damit das Schweineblut, das sie wenig später in einen großen Blechkanister leerte. Dann packte sie die knochigen Hinterläufe, dachte an eine gute Klachelsuppe, putzte den Stalldreck von den Hufen, schlang eine Kette um die Schweinsgelenke, drehte an einer extra dafür angebrachten Kurbel und zog es hoch, das Schwein. Da hing es nun. Sein großer rosa Rüssel glänzte wie kandierte Datteln, weit offen standen die Schweinsaugen blickten ins Leere und das mit langen Borsten umsäumte Maul machte einen zufriedenen, beinahe glücklichen Eindruck, bis ihm von hinten her die Haut abgezogen wurde. Ein paar beherzte und gekonnte Schnitte und das Schwein hing da, nackt, wie es noch nie gewesen ist. Dann öffnete ein tiefer Schnitt den Bauch, löste das Fleisch der Rippen bis zum Hinterteil, ein weiterer Schnitt beförderte die Innereien nach außen. Und schon quoll warmes rosaweißes, mit roten Adern durchzogenes, wurstiges Gedärm hervor. Die Leber fiel heraus, die Nieren und die Milz, sogar das Herz mitsamt einem Geflecht aus Adern.

– Hier, greif einmal hinein, ist geil, forderte die Kathi Hödlmoser auf. Der Anblick des Darmes erinnerte sie aber auch an Penelope Ebenhofer. Brrr. Wie es Brauch war, griff sie dann die Leber raus, legte sie auf einen Teller, betrachtete das gute Stück, und gab dem Hödlmoser und sich selbst ein Glas Schnaps:

– Der linke Lappen bezieht sich auf die Götter, der rechte auf die Menschen. Das Fleisch ist fest und auch der Gallengang ist gut aufgetrieben. Das verspricht nur Gutes, konnte man an Kathis Lachen ihr entblößtes Zahnfleisch sehen. Kurz hörte man sie beten: Gib mir Wohlstand Gott, gib mir Geld, gib mir Erfolg, nimm mir diesen Mann nicht mehr. - So, ich muss jetzt gleich das Blut einkochen gehen. Kathi lief mit ihrem blechernen Blutkanister in die Küche. Sie war so aus dem Häuschen, dass sie gar nicht merkte, wieviel sie dabei verschüttete, die Polizisten Primsen und Kasler, die sich doch ein Herz gefasst hatten, nachzusehen, was los war, und wie Vogelscheuchen dastanden, merkte sie erst recht nicht.

Hödlmoser blieb allein im Stall zurück, sah das aufgehängte Fleisch, griff es an, freute sich an dieser feuchten Wärme, streichelte es, und merkte, wie er geschlechtlich darauf reagierte, das Schwein. Das Schwein selbst hing gerade zwanzig Zentimeter über dem Boden, Hödlmoserer konnte sich also bequem darunter legen und eine Fellatio vulgaris nasalis simulieren, wobei er erfreut feststellte, dass das Nasenloch im Schweinerüssel gerade groß genug war, seine Eichel zu umfassen, warm war es auch noch. Er begann zu stoßen und zu singen.

– I bin da kloan Zinzinga, ha an kloan Winzinga, geht neamd nix an, wan i kaon Grössern nit han.

Da passierte es. Die große Schweinerei. Leck o mio. Man weiß nicht, ob sich die Elfen, Gnome und Waldgeister einen Scherz erlaubten, ob das ganze Feenreich und die Steirischen Energiewerke AG hier intrigierte, oder ob einfach der Aufzugs-Mechanismus schon veraltet war und ein Zahnrad brach, jedenfalls fiel genau im Moment des Hödlmoserschen Orgasmus das ganze Schwein herunter, rasselten 200 Kilo feuchter Gedärme und warmen Fleisches auf Hödlmoser nieder. Wie ein Zementsack, den man auf einen anderen legt, machte es nur *Schwupp* und Hödlmoser war ganz mit Schwein bedeckt. Wie eine Liebhaberin lag das Schwein auf ihm.

– Hö die Gams, spähten justament in diesem Augenblick die beiden Polizisten Primsen und Kasler in den Stall, und trauten ihren Augen nicht. »Das ist extrem!« Entsetzt liefen sie zum Beiskammer und erzählten jedem, der es hören wollte, dass der Teufel bei der Kathi eingezogen sei, und dort mit Schweinen kopulierte, derart, dass es den armen Tieren den

Arsch aufriss. Alle Gedärme bumst er ihnen raus, der Schweinskerl.

– Einen Stern haben wir jetzt auch im Hoserl.

– Der Teufel ist eine Pipn. Mit Vorsicht muss man den genießen. Aber spielt's euch nicht mit mir, sagte da der Pfarrer. Es muss etwas geschehen. So kann das nicht mehr weitergehen, ich rede mit der Freiwilligen Feuerwehr.

Am Himmel zogen Zirruswolken dicht geschart vorbei, die Sonne erzeugte helle Flecken, über das Land war der Lärm der Frösche wie ein Tonnetz gespannt, Käfer, Würmer, Schnecken, Vögel, alles kopulierte, schrie das Leben aus sich raus. Kathi rührte Mehl ins Blut, goss die sämige Mischung in die heisse, von tausenden Mahlzeiten schwarze Pfanne, ließ es blubbern, setzte Zucker zu, Rosmarin, Majoran, Speckwürfel, etwas Kochschokolade, Maisgriesß, Rotwein, Rosinen, Salz und Pfeffer, und bekam allmählich eine zähe, schwarze Masse, die sie immer kurz vorm Anbrennen vom Pfannenboden kratzte, drehte, abschmeckte und kostete. Herrlich, weißes Brot und roten Wein dazu, ein Gedicht.

Da kam Hödlmoser herein, gebückt, hielt seine Hände auf den Schoss gepresst und jammerte:

– Jetzt ist's soweit, der Herrgott straft mich jetzt für alle meine Sünden, Hölle, dieser Schmerz, es ist entsetzlich, der Körper macht eine Intrige gegen mich, lange werde ich nicht mehr leben, Chemiecocktails wird man mir geben, eine Glatze wird mir wachsen, gelb wird meine Haut, schwarze Altersflecken werde ich bekommen, und doch, es wird nichts nützen, weil ich sterben muss, sterben muss ich, ja. Es ist vorbei.

– Was ist denn, Hödlmoser, was hast du denn? Magst a scharfes Zuckerl? Na?

– Krebs. Hodenkrebs hab ich, jawohl.

– Wieso, wo hast du das denn her? Vielleicht von mir?

– Frag nicht so saublöd, schau her, und Hödlmoser zeigte der Kathi seine Eier. Siehst du das rechte, nicht nur dass es kleiner ist, siehst du diese riesengroße Beule, das ist ein Geschwür, ein Krebsgeschwür ist das. Und das tut weh, Hölle, Schmerzen sind das, von denen eine Frau gar keine Ahnung haben kann. Todesschmerzen. Und das ganze wird noch wachsen. Bald schon werde ich Eier haben, groß wie Luftballons.

– Geh, putz dich, sagte Kathi, wir müssen sofort eine Rettung rufen.

Zwanzig Minuten später traf die Rettung ein. Die beiden Sanitäter, Windbichler und Blaser, besahen sich die Sache kurz, tuschelten und stachen dann dem schreienden Hödlmoser in Höhe des Magens mit einer Schusterale in die Haut, steckten einen brennenden Papierfidibus in den Einstich und stellten ein kleines Glas darauf. Ein paar Sekunden lang brannte das Papier, sobald die Flamme aber ausging, zog das Vakuum Haut und Blut an, und das Glas drückte sich ins Fleisch. Während das geschah, sprach Windbichler so etwas wie eine Zauberformel, besah sich kurz das krebsbefallene Ei, drehte daran rum, Hödlmoser schrie entsetzlich, aber siehe da, plötzlich war von dem Geschwür nichts mehr zu sehen. Zurück blieb nur der Schmerz, doch auch der sollte, wie Blaser versicherte, bald vergehen.

– Alles, was du hattest, war eine Hodenverdrehung. Wir haben sie dir wieder ausgedreht.

– Sei froh, dass wir nicht später gekommen sind, sonst müsste man dir jetzt eine Attrappe einpflanzen, einen Silikonhoden.

– Aber freu dich nicht zu früh. Wenn das noch einmal passiert, müssen wir ihn anklammern, den Hoden.

– So, jetzt die Formalitäten, wurde Windbichler ernst. Name?

– Hödlmoser, Josef.

– Beruf?

– Freischaffend.

– Ausbildung?

– Steirermatura.

– Was ist das?

– Hauptschule, Führerschein, Tanzkurs.

– Schau einer an, ein ganz ein Studierter.

– Pfiat euch. Und danke.

– Wofür war eigentlich der Papierfidibus?

– Ablenkung, grinsten die beiden Sanitäter, während sie hinausgingen.

– Auf den Schreck muss ich einen trinken, goss sich Hödlmoser einen Zahnputzbecher mit Obstler voll. Weißt, Kathi, ich hab geglaubt, dass ich jetzt sterbe. Ich hab geglaubt, jetzt ist es aus. Im steirischen Glauben glauben die Steirer, die Toten steigen zu den Sternen auf, ins Steirerparadies. Da es das höchste Ziel der Steirer ist, immer in der Steiermark zu leben, stellen sie sich auch das Paradies als Fortsetzung ihres Lebens auf Erden vor. Im steirischen Paradies wohnen nur Steirer, alle anderen kommen in die Hölle.

– Du, halt's jetzt zusammen, Hödlmoser, weil jetzt kommen die Lottozahlen, machte Kathi den Fernseher an. Heute gibt es einen 30-Millionen-Doppeljackpot.

– 30 Millionen? Was tätest denn mit soviel Geld?

– Auf den Großglockner fliegen, in die Karibik fahren, alle meine Bekannten zu einem Sektfrühstück einladen, einmal richtig einkaufen. Und natürlich spenden.

– Wem denn? Den Behinderten? So ein Blödsinn. Da gewinn gleich weniger und spende nichts. Was hast überhaupt für Zahlen? Die Geburtsdaten? griff der Hödlmoser der Kathi unter den Kittel und strich ihr über die Innenseite der Oberschenkel. Kleine, schlaffe Fleischwülste waren das, aber kitzlige.

– Geh, was machst du denn, Hödlmoser, net jetzt, wo gleich die Ziehung ist. Da ist ja schon die Jenny Pipal. Aber der Hödlmoser ließ sich nicht beirren, dachte an sein Pipal und fuhr unter den Gummi ihres Höschens, griff ihr auf die Scham, die dalag wie ein steirischer Hügel, suchte die Spalte, streichelte durchs krause Haargestrüpp, fand einen Faden, zog daran, und ehe Kathi etwas sagen konnte, machte es schon *Plop* wie einst Michael Schanze, und hielt Hödlmoser ein blutgetränktes o.b. in der Hand. Was ist jetzt das? Die große Chance?

– Ja, Himmel, Hödlmoser, schau was du da angestellt hast, den Stoppel hast du mir herausgerissen, den ich drinnen hab, weil ich doch schwanger bin. Jetzt kann das Kind davonlaufen, wenn wir nicht aufpassen, und bluten tu ich auch.

– Scheiß auf das Kind, spürte der Hödlmoser plötzlich gar kein Ziehen mehr im rechten Hoden. Müssen wir's halt händisch zustoppeln. Er war fest entschlossen, zu probieren, ob er wieder funktionierte. Wieder kramte er einhändig im Unterleib der Kathi, während er im Oberstock versuchte, ihre Zitzen zu erreichen, mit der Zunge ihr in den Mund zu fahren. Sie aber starrte nur auf Jenny Pipal, die sich bewegende Lottotrommel, öffnete den Mund auch nicht, presste ihre Lippen aufeinander und kam ihm nicht zu Hilfe.

– Kreuzkruzitürken, fluchte Hödlmoser und versuchte die diversen Lagen an Blusen und Leibchen zu untergraben, um endlich beim Büstenhalter anzukommen. Da machte Kathi ein leichte Drehung und er rutschte wieder raus. Alles von vorn.

– 19. 19 haben wir. 19 ist immer gut. 19 ist überhaupt die beste Zahl.

Wieder baggerte Hödlmoser herum, leckte mit der Zunge über Kathis Wange, fuhr ihr ins Ohr, hatte den Mittelfinger schon in ihrer blutigen, verklebten Scham stecken, zog ihn heraus, leckte ihn ab, sagte: Hmm gut. 32, sagte Jenny Pipal.

– 32, 32 haben wir auch, 32 ist überhaupt die beste Zahl.

Wieder tunkte Hödlmoser seinen Finger in die Kathi, diesmal in ihr Arschloch, wieder schleckte er daran, hmm gut, wieder tastete er sich vor, erreichte diesmal ihre Brust, merkte eine Gänsehaut, schlug an den Nippel an, da war's um Kathi dann geschehen. Die ganze Lotteriegesellschaft flog davon. Nur noch ganz am Rand ihres Bewusstseins hörte sie die Vier, Vier hatte sie auch, Vier war überhaupt die beste Zahl, hob sie ihren Kittel in die Höhe, zog das Höschen aus und fühlte, wie sie sich mit Hödlmoser füllte. Nun ging es in der Kathi zu wie in dieser Lottotrommel, in der es die Kugeln wie verrückt herumwirbelte, sich alles drehte, kullerte und hüpfte, um immer wieder einmal stillzuhalten, einen Orgasmus rauszupressen, 15, hörte ihr Unbewusstes, 15 war die beste Zahl, und Kathi wirbelte herum, kam in ein Trommelfeuer kleiner Atemstöße, riss den Hödlmoser am Haar, war wie eine Furie.

Habediehre ist die wild, dachte es in Hödlmoser. Das sind die Rotschädlerden, in denen wohnt der Teufel, und die führen sich auf. Aber sie riechen auch ganz anders. Tatsächlich hatte Hödlmoser noch nie so sehr an einer Frau gerochen wie nun an der Kathi, süßlich irgendwie, fruchtig, ein bisschen wie die Markierung eines Katers, scharf, aber nicht schlecht.

Und sie wirbelten und drehten sich, und bekamen jeweils den andern unter sich, so gaben sie sich hin, verloren sich, rannen aus, vergaßen alles, ließen los, hielten sich fest im Meer ihrer Säfte, schaukelten noch, trieben dahin und schwammen schließlich langsam auseinander, schliefen ein.

Hödlmoser träumte von einem Billardspiel, davon, dass plötzlich eine Kugel ein Abszess hatte, von einer Ärztin, die aussah wie Jenny Pipal. Kathi träumte von der Lottotrommel, vom Jackpot, den sie knackte, und vom Glück.

Mundstuhl

Die Dörfer der eingeborenen Steirer waren auf Sauberkeit bedacht. Die Weiber waren ihre Arbeitstiere. Blumenkistln überall. Verschönerungsverein. Und doch war jedes einzelne Einfamilienhaus ein Monument des Unglücks, das hier herrschte. Alles zersiedelt. Nichts war schrecklicher als dieses Eternit. Die Menschen hatten kein Gefühl mehr für die Form, fürs Material. Alles auf billig, alles auf Funktion. Dabei, was funktionierte? Nichts. Aspest, krankmachendes Zeugs. Der Rauch zog nicht ab, aber die Leute heizten weiter, gnadenlos. Kohlelager überall, Kräne, umgekippte Eisenbahnwaggons, verrostete Bahnschranken, nicht mehr funktionierende Signale, Bahnwärterhäuschen mit eingeschlagenen Fenstern, schwarze Plastikmistkübel, Parkscheinautomaten, orange bemalte Postwägelchen, schwarzgelb bemalte Masten, Förderbänder, Gebrauchsanweisungen und Hinweistafeln, Fußball spielende Kinder, die »Hochwürden« grüßten. Ein Blitz hatte von einer Linde einzelne Baumstreifen abgeschält, die wegstanden wie kaputte Glieder. Die Sonne fiel auf den leeren Vorplatz, den Asphalt, auf die rot bemalten Garagentore, die Hydranten. Arbeitsgeräte lagen herum, wildwüchsige, knotige Bäume, Holzverschläge, Autowracks, auf deren Sitzen man eingetrocknetes Blut sehen konnten, Schläuche, Anschlussbuchsen. Die Menschen hatten hübsche Phantasieuniformen an, bunte Scherzorden baumelten an ihrer Brust.

– Zur Freiwilligen Feuerwehr geht man, weil man löschen will, das Feuer und den Durst, zur Freiwilligen Feuerwehr geht man, weil man muss, und nicht, um einen Teufel zu vertreiben, sagte der Hauptmann und trank von seinem Bier.

– Wenn das so ist, drehte der Pfarrer seine Tränensäcke Richtung Himmel, in nomine domini, ich danke dir, Gott, denn du hast wunderbar am Staub gehandelt, wenn das so ist, Gankerl, muss ich leider die Alkoholikerolympiade dem Bi-

63
12

schof von Sekkau melden, na, und dann, Herr Hauptmann, du weißt ja selbst, was unser Bischof denkt. Gott hat Mächtiges geleistet.

Pfui Teufel, du Nudlaug, dachte da der Hauptmann, am Hintern kann der mich lecken. Pfarrer sollten von Tradition aus Hermaphroditen sein, zumindest blind oder behindert, Sodomisten und nicht so eine falsche Haut wie du.

– In nomine domini. Gesegnet sei der Herr.

– Sie sind ja ärger wie die Serafine Walkolbinger, Hochwürden, schlug der Hauptmann die Hände über dem Gesicht zusammen und spielte den Beleidigten.

– Wieso. Hat die gute Serafine Unkeuschheit getrieben?

– Gehns, stellens ihnen net so an. Ich hab's doch selbst gebeichtet.

– So? tat der Pfarrer nichtsahnend, dabei wusste er noch ganz genau, was man ihm gleich mehrfach durch das Beichtgitter geflüstert hatte. Die ganze Freiwillige Feuerwehr, zwölf Gefreite und der Hauptmann selbst waren letztes Jahr zu einer Weihnachtsfeier ausgerückt, anschließend hätten sie noch eine Nachtschicht eingelegt und wären zu dem Haus mit der roten Neonleuchte gefahren: Kurvenbar. Dort hätten sie nun spritzen wollen. Leider war die diensthabende Dame an schwerer Influenzia erkrankt, und die Vertretung an der ungarischen Grenze aufgehalten worden. Also zog der ganze grölende Feuerwehrverein weiter zur Serafine Walkolbinger, in ihr sich zu entladen.

Die zarte Finiblüte hatte schon vorher einen leichten Stich, aber in dieser Nacht, so schien es, hat man ihr völlig den Verstand herausgepudert. Gut, das Walkolbingergewächs war so ausnehmend hässlich, dass ein männliches Wesen in ihrer Nähe überhaupt ein Wunder war. Aber dass sich die gesamte Blütenbestempelung in ihrem Leben auf diese eine, sich über sie wie ein Unwetter hereinbrechende Nacht konzentrieren sollte, war doch auch ungerecht. Die nektartriefenden Hydranten der Feuerwehr waren ja alle stockbesoffen. Niemand wollte sich am nächsten Tag an viel erinnern, Fini aber war vollkommen nüchtern gewesen, wusste noch genau, wie man über ihren Blumenunterleib getrampelt ist, wie sie bestäubt und bestäubt und bestäubt worden ist. Seither schwieg sie. Ihre Mutter, deren Kinn stets einen liegenden Achter zeichnete, glaubte, das traumatische Erlebnis ihrer Tochter mit einer Wiederholung der Ereignisse kurieren zu können, aber sowohl die Feuerwehr selbst als auch der Fußballverein und die Blasmusik weigerten sich standhaft. Es war eine Sauerei, zeichnete das Kinn der Mutter ihre hingelegten Achter, erinnerte dabei an einen Eisbären im Zoo.

– Der Gottseibeiuns kennt keinen Genierer.

– Gut, hilft eh nichts, fahren wir halt Teufelaustreiben, beschloss der Feuerwehrhauptmann.

– Aber Vorsicht, mahnte der Pfarrer, der einen entsetzlichen Mundgeruch verbreitete. Beim Anblick von Männern verwandelt sich die Waldschratin in eine Furie. Das ist wirklich eine Hexe, Wunden behandelt sie mit Rattenkot, eine Maulwurfstatze hat sie zum Wetterzauber umgehängt, und essen tut sie Spaghetti mit einem Sugo aus lebenden Blutegeln. In nomine domini. Manche Leute werden in Känguruhbeuteln geboren, andere in Betten, auf Bäumen oder mit einem Eislöffel herausgeschabt, die Waldschratin aber, die hat der Teufel ausgekratzt.

Was der sich alles aus den Fingern saugt, staunte der Hauptmann. Ziemlich gewagt. Dennoch standen schon eine Stunde später drei Feuerwehrautos vor dem Haus der Walschratin, zielten Wasserwerfer auf Fenster und Tür, machten speckige Feuerwehrmänner grimmige Gesichter.

– Sobald sich etwas rührt, gab der Hauptmann Befehl, Wasser Marsch. Gerne hätten die Feuerwehrleute ein wenig Zielschießen auf Gartenzwerge geübt, aber ein gestrenger Pfarrersblick hatte genügt, das zu vereiteln.

Der ganze Garten war mit Plastikfiguren übersät, denen die Witterung schon ordentlich zugesetzt hatte, zwischen den schneckenzerfressenen Farnblättern standen sie, Gartenzwerge mit Scheibtruhen, Laternen, Fliegenpilze, ein Schneewittchen, Rehe, Hasen und in der Mitte dieser Märchenwelt entblößte ein fettes halbnacktes Weib gerade seine Golatschentitten. Rundherum Gartenzwerge, von denen manche onanierten. Kathis Vater, der Jäger aus Kurpfalz, hatte diese Hundertschaften, diese Gartenzwergarmee in Ungarn eingekauft und über die Grenze geschmuggelt. Jeden einzelnen. Er war so eine Art Schlepper für Gartenzwerge gewesen. Ein fanatischer Osterweiterungsgegner übrigens. Die Italiener hatten im Garten nackte Putti stehen, die Isländer Elfen, die Österreicher aber Gartenzwerge.

Im Haus selbst saßen Edgar Stiefel, Hödlmoser, Kathi, aßen eine Handwurst, tranken Bier. Sie ahnten von dem sich anbahnenden Exorzismus nichts. Im Fernsehen lief ein Fußballspiel, Sturm Graz.

– Wirst sehen, Ötker, erst lulln wir's ein, dann rollen wir's nieder wie eine Tube Senf, häutete Hödlmoser seine Handwurst mit einem Taschenfeitl, streute Pfeffer drauf, tunkte sie in Kren, biss hinein, spürte ein Stechen und Brennen in der Nase, entsetzlich. »Was man spürt, das hat man.«

– 500 Schilling, Hödlmoser, mehr bräucht ich nicht.

– Tuts'n weg, den Neger. Magst ein Brot?

– Das ist ein Iraner. Hast eine Semmel auch?

– Dann ist er halt ein weißer Neger. Du stellst Ansprüche.

– 500 Schilling, Hödlmoser, mehr nicht.

– 500 Schilling, du bist gut Ötker, woher soll denn ich 500 Schilling nehmen?

– Wofür brauchst du denn das Geld? mischte sich nun auch die Kathi ein.

– Tor. 1:0! Das wird heute ein Schützenfest.

– Für den Gewerbeschein, weil ich in Knittelfeld ein Musikhaus aufmachen will. Musikhaus Edgar Stiefel! Ihr werdets sehen, das fährt total. Das Zentrum jeder steirischen Siedlung besitzt ein Wirtshaus, einen Sportplatz, eine Feuerwehr und ein Musikhaus, weil die steirische Jugend besteht zu fünfzig

TOP PL

Prozent aus Musikschülern. Wo kämen denn die Philharmoniker sonst alle heraus? Aus einem Mauseloch vielleicht?

– Na ja, ich könnte dir die 500 Schilling schon borgen, schob die Kathi einen rostroten Schein auf den Tisch.

– Darauf trinken wir an Schnaps, jubelte Edgar, und Hödlmoser schenkte ihnen ein.

– Auf die Rosa Mayreder.

– Auf das Musikhaus Edgar Stiefel.

– Ahh, scheußliches Zeug. Wie man sowas trinken kann, steckte Ötker den 500er ein und zog sich seine Jacke an. Er wollte gerade gehen, da bekam die Kathi einen Krampf, all ihre Muskel spannten sich, sie zitterte am ganzen Leib und schrie und keuchte, warf sich auf den Boden, schlug wild mit den Armen herum, wälzte sich, japste, bekam kaum noch Luft. Eine Besessene.

– Jetzt ist's soweit, jetzt flippt sie aus. Da hilft nur eins, die Volkshilfe holen.

– Ja, ja, die Rotschädlerden, sprangen Hödlmoser und Edgar instinktiv zur Tür, Hilfe zu holen, doch da hörten sie nur *Wasser Marsch*, und fühlten, wie ihnen ein ungeheurer Druck entgegenschlug, und bevor sie irgend eine Ahnung hatten, was geschah, wurden sie gegen die Hausmauer gedrückt und von oben bis unten abgespritzt. Der Wasserstrahl drückte ihnen ins Gedärm, Nase und Augen wurden in den Kopf gepresst, alle Muskel durchmassiert. Sie wanden sich wie Wespen im Honig, suchten sich rauszudrehen, doch stets erwischte sie ein neuer Strahl, hob ihre Glieder hoch, beutelte und drükkte sie, bis es endlich hiess: Wasser Halt.

Ja, das sind aber schöne Teufeln, staunten die Feuerwehrleute, als sie Edgar und Hödlmoser erkannten. Sogar der Pfarrer, den beim Anblick dieser Teufelsaustreibung zuerst ein Wirbel der Gefühle überwältigt hatte, eine Riesenpackung Glück, so dass ihm vor lauter Freude gleich einer abgegangen war, räusperte sich nun verlegen.

– Der Ötker.

– Polizisten horchen auf die Vögel, wenn sie Verbrechen aufklären, zumindest schauen sie auf die Frösche im Glas, lassen Horoskope sich erstellen, und ich Depp lasse mich von Hochwürden zu so einem Unsinn verleiten, fluchte der Hauptmann.

– Warum schlagts ihr denn nicht eure Hunde, ihr Idioten, beschwerte sich Edgar.

– Nichts für ungut, zogen die Feuerwehrleute ihre Helme, und suchten sich so schnell als möglich zu verdünnisieren. Auch der Pfarrer schlich den Rosenkranz murmelnd davon. Doch du, oh mein Gott, doch du, du setzt dich ein für mich. Doch du. Der Plan deines Willens muss es sein und meiner auch. Doch du, mein Herr, du leitest mich.

Hödlmoser, dem der Wasserstrahl den Magen zerknittert hatte, ging in den Schweinestall kotzen. Gleich drängten sich die Säue grunzend und quiekend über dieses unerwartete Festmahl. Sein Magen pumpte die Bröckerlsuppe aus sich raus, er aber schwor sich Rache. Dieser Hund von Pfarrer, das wird er noch bereuen, die Krot. Da fiel ihm Kathi ein. Was war mit ihr? Schon tot? Er lief ins Haus, sah, dass Ötker ging, der Kathi geht's schon wieder, hörte er ihn sagen, Hödlmoser, pfiat dich, ich muss noch zu den Ämtern wegen dem Gewerbeschein. In der Küche aber saß die Kathi, grinste. Jetzt war sie also komplett wahnsinnig geworden. Kein Wunder, bei der Aufregung, das musste ja so kommen. Saß nur da und ließ ihr rosarotes Zahnfleisch aus den Lippen leuchten, hat die Augen aufgerissen, lachte:

– Lotto. Wir haben im Lotto gewonnen, Hödlmoser, du Schastrommel, einen Sechser haben wir. Und Kathi lachte, dass sie fast daran erstickte. Doppeljackpot! Weißt du, was das heißt. 30 Millionen.

Wie Hödlmoser zu den Heidelbeeren gekommen ist

Die Luft war feucht und wasserfett und neben dem Naturnebel hing auch noch der Kunstnebel in der Luft, kalt und nass. Die Blätter auf dem Boden hatten nichts Buntes mehr, nur noch ein matschiges, dunkles Braun. Die Blüten auf den Bäumen waren abgefroren, der Boden vereist. Festgefrorene Traktorspuren, auf den Maulwurfshügeln lag der Reif, Tautropfen in den Spinnweben, tote Mäuse lagen auf dem Weg, Kieferknochen von Hunden, ein Hasenschädel, auf dem das Etikett einer Bierflasche klebte, nasse Feuerwerkskretins vom letzten Silvester. Hödlmoser, den Lottoschein in seiner Tasche, wollte eine Abkürzung gehen, kam beim Friedhof an, durchquerte ihn.

Es roch nach frischen Blumen, Erde, Kränzen, sauren Suppen und es fiel der erste Schnee. Fette weiße Patzen, die am Boden gleich zerliefen. Hödlmoser ging die Gräberreihen durch. Grafen lagen da gleich neben Arbeitern, Bauern neben Knechten, Kieberer neben kleinen Gaunern, Kinder bei ihren Eltern, oft war auf dem Grabstein ein Photo emailliert. Wirtsleute und Lebemänner, kleine Platzhirschen, Lokalpolitiker, Kanzleiräte, Hoteliers und Architekten, alle, alle tot. Ein ganzes Jahrhundert lag nun da und faulte vor sich hin. Kriegsgefallene und Aussiedler, Monteure, Friseure und Kaufleute, Nazis neben Kommunisten, alle lagen sie nun da, und Hödlmoser sang ein Lied:

– Eins, zwei, drei, alt ist nicht neu, neu ist nicht alt, warm ist nicht kalt, kalt ist nicht warm, reich ist nicht arm, arm ist nicht reich, hart ist nicht weich, weich ist nicht hart, rau ist nicht zart, zart ist nicht rau, rot ist nicht blau, blau ist nicht rot, dich holt der Tod.

Und Hödlmoser ging durch ein altes, hölzernes Drehkreuz, über einen steinigen Weg voller Kuhfladen, an Scheunen vorbei, vorbei an den schweren, mürrischen Kühen, durch

ein Wäldchen, über eine Schotterstraße voller Schneckenhäuser und endlich kam er in die Nähe der Stadt, roch bereits die Männertoiletten vom Balkangrill, da merkte er, wie in der Böschung etwas dampfte, umgerissene Bäume sah er, eingedrückte Sträucher. Hödlmoser stieg etwas hinunter, sah ein auf dem Dach liegendes, verbeultes Auto, woraus es qualmte.

– Na bumsti, entfuhr es ihm. Er eilte näher und sah, dass eine junge Frau mit zerschnittenen Gesicht um Hilfe flehte. Sie war völlig eingeklemmt, blutete, das Seitenfenster war zerschlagen, Blutspritzer überall, auf dem Beifahrersitz hing eine Leiche, Hödlmoser hörte wie die Fahrerin flehte:

– Bitte, helfen Sie mir, Bitte.

Ohne lang zu überlegen besann sich Hödlmoser eines entlegenen Erste-Hilfe-Kurses, zog er seine Jacke aus, stapfte durch den Matsch zu ihr, krempelte die Ärmel seines Hemdes hoch, und er packte an. Die großen Schneepatzen verschmierten ihm die Sicht, Wind schlug ihm entgegen, kalt und feucht. Er aber zerrte und er zog, er arbeitete, so fest er konnte, geriet ins Schwitzen, stöhnte, und gab tatsächlich alles, was er hatte. Fünf Minuten später stand eine befriedigte Erleichterung auf seinem Gesicht, fünf Minuten später hatte er dem wehrlosen Opfer in das Gesicht ejakuliert, so dass es Pupillen hatte - wie Straußeneier groß.

Keine zwanzig Minuten später saß er beim Beiskammer und machte sich für die Wirtshäuser stark. Denn wo gab es denn sonst so etwas noch? Lungenstrudel, Milzschnitte, Klachelsuppe, Schöberl? Aber alles das wurde kaputt gemacht.

– Wirtshäuser sind Lebenszentren, klopfte er auf den Tisch. Aber heutzutage wird ja alles dezentralisiert. Große Einkaufszentren werden am Rand von jedem Dorf gebaut, Lebensmittelketten, Parkplätze, aber die Wirtshäuser gehen dabei kaputt. Der goldene Türkenbeidl? Die Waldschnepfe? Zu den drei Flughemden? Alle weg. Alles kaputt gemacht. Aber was will man als einzelner dagegen sagen? Am besten ist, man hält die Papn.

– Hödlmoser, kam Edgar bei der Tür herein, was ist, hältst du es noch aus?

– Wo?

– Na, da, wost bist. Oder fährst du mit?

– Wohin?

– Nach Frankfurt!

– Nach Frankfurt? Was mach denn ich in Frankfurt bei den Einbrenntn? überlegte Hödlmoser und dachte an den Lottoschein und seine Kathi.

– Sei kein Trottel, sagte Edgar, ich lad dich ein. Als Musikhausleiter muss ich doch die Branche kontaktieren. In Frankfurt ist Musikmesse. Du, das wird eine Riesengaudi, Hödlmoser, da führen wir uns auf, und nächtens suchen wir uns das grüne Gurkenglas der Nacht, aus dem das ewig Weibliche uns lacht. Frankfurt, das ist gewissermaßen ein Ballungszentrum der käuflichen Liebe. Da gibts Hasen, nicht so überwuzelte Wurzn wie bei uns.

– Du bist eine Krätzn Edgar. Wo hast denn das Geld auf einmal her, wo dir doch die Kathi grade erst einen 500er geborgt hat?

– Das war das Startkapital, rülpste Edgar damenhaft über den Handrücken. Mit dem Gewerbeschein hab ich im Canasteramt das Musikhaus eintragen lassen, und damit haben sie mir auf der Bank sofort was rübergeschoben. Geh, Beiskammer, bring uns einen Schnaps, aber noch in der Flasche, weil meine Mutter war eine Gscherte aus Oberösterreich und mein Vater ein Krawattltenor aus der Tschechoslowakei. Und im oberösterreichischen China haben sie sich kennengelernt, auf dem Umsteigebahnhof Nag Pu. Und weil der Anschlusszug Verspätung hatte, haben sie das ganze oberösterreichische China missioniert: Lenzing, Pichlwang, Timelkam, Wankham, loberösterreichischen Schlitzaugen bald verlassen und sind in die Steiermark nach Deutschfeistritz, Deutschlandsberg, Deutschkreuz, wos Deutschland heißt. Da konnte ihnen nichts mehr passieren. Nur ich.

– Hödlmoser, bist du ein Trottel, Hödlmoser, so ein Trottel, ärgerte sich Hödlmoser, als er zwei Liter Schnaps und drei Stunden später angegurtet in einem Flugzeug Richtung Frankfurt saß, und die Stewardesse hörte, wie sie die Sicherheitsmaßnahmen erklärte. Aber warum war eine Schwimmweste unter Hödlmosers Sitz? Wegen dem steinernen Meer?

Ledersitze, wenig Platz. Alle anderen Passagiere lasen Zeitung oder beteten. Flugzeugfliegen, das war moderner Gottesdienst.

– Wir wären dann soweit, sagte Edgar, und ssst, zischte das Flugzeug in die Höhe, machte auch gleich eine Kurve, dass sich dem Hödlmoser alles drehte. Scheiß mich an. Jetzt dreht er um.

– Fliegst du das erste Mal, starrte Edgar in das dicke, lichtbeschienene Wolkenbett.

– Aber geh, log ein erbleichter Hödlmoser, ich hab ja selbst den Flugschein gemacht.

– Ahso, grinste Edgar und bestellte bei der Stewardess einen Schnaps. »Weil Weißwein frisst am Zahnfleisch.«

– Von hier heroben sehen die Alpen aus wie Krampfadern. Und die Felder wie Brote mit Verhackertem oder Leberwurst mit etwas Knoblauch drauf. Verhackertes, erinnerte sich Hödlmoser an eine Zeit, in der er noch ein Lehrbub in Fladnitz war. Einen Monat lang musste er immer sparen, um sich die dreißig Kilo Faschiertes leisten zu können. Und dreißig Kilo waren das Mindeste, darunter ging es nicht. Wenigstens dreißig Kilo Faschiertes waren für die modellierte Frau erforderlich. Brüste, Kopf und Schoß, alles aus Faschiertem. Und er wusste noch genau, Olga, hatte er sie meist genannt. Das war schon eine, diese Olga, hatte keine Füße, keine Arme, und dennoch hat sie den ganzen Tag nach dem Hödlmoser geschrien. Olga, ein Vorbild an Kraft und Einsatz. Ein ganzes Wochenende lang konnte man sich mit der amüsieren, dann bekam das Fleisch die ersten dunkelbraunen Ränder, wurde hart, so dass dem Liebhaber nie etwas anderes übrigblieb, als seine Geliebte zu Hamburger oder Chevapcici zu verarbeiten. Ach Olga, seufzte Hödlmoser, und dachte daran, sich einen runterzuholen.

– Hödlmoser, unser Hödlmoser aus Fladnitz, unser fladnitzer Hosengacker, stiess ihn jemand an. Der Steward! Es stellte sich heraus, dass Bertl Schebesta mit Hödlmoser in der Volksschule gewesen ist. Hödlmoser konnte sich zwar nicht und nicht an ihn erinnern, war aber trotzdem froh über das Angebot, das Cockpit zu besichtigen.

– Vielleicht lässt dich der Pilot ja eine Runde fliegen, lachte Bertl.

Hödlmoser wankte Richtung Cockpit, tapste hinein. Drinnen herrschte ein Höllenlärm, die beiden Piloten schunkelten zur Musik der Klostertaler, ja, jodelten sogar, drehten aber sofort leiser, als sie Hödlmoser sahen.

– Weil das ist ehrliche Musik. Richtige ehrliche Musik, nicht so ein Bluff wie Fliegen, wo alles aus der Dose kommt.

– Und die ganzen Instrumente, wollte Hödlmoser wissen.

– Alles Attrappe. Das macht alles der Autopilot.

Schon wenig später befand man sich im Sinkflug, Hödlmoser durfte entscheiden, ob man die Warteschleifen über Darmstadt oder über Mainz fliegen solle. Gehupft wie gesprungen. Inzwischen machte Edgar sich schon ernste Sorgen. Wo der Hödlmoser nur bleibt?

– Sicher, grinste der Schebesta, lässt ihn der Kapitän ein bisserl fliegen.

Fünfzehn Minuten später hatten sowohl Edgar Stiefel, als auch fünf andere Passagiere, die diese Bemerkung mitbekommen hatten, in ihr Speibsackerl gekotzt.

Frankfurt war eine riesige, eine gigantische, ungeheuerliche Stadt, eine internationale Weltmetropole. Ein Monster. Wolkenkratzer und bohrturmhohe Büros wuchsen hier wie Drachenköpfe. Verspiegelte Glasfassaden, hochaufschießende Klötze, monumentaler wie die Alpen, alptraumhaft, zumindest schien es so. Und ernst, bierernst, nichts verspielt, nicht einmal Blumenkisterl oder Schnitzereien, keine Heiligen, keine Marterln, nichts. Während der Fahrt zum Hotel stellte sich aber schon bald heraus, dass auch Frankfurt eine Klein-

stadt wie Mürzzuschlag war, alles Fassade, alles Bluff, dasselbe Unglück wie in der Steiermark.

– Ja, bist du narrisch, jetzt ist meine Wehleidigkeit sogar in Frankfurt. Hätten wir uns auch schenken können, was?

– Sei nicht so optimistisch, Hödlmoser. Du hast ja überhaupt noch nichts gesehen.

– Danke, mir grausts schon.

Das Hotelzimmer bestand aus einem blauen Spannteppich, einem soliden Doppelbett, Deckenflutern, einem scheußlichen, modernen Schrankverbau mit Kirschfurnier, vor allem aber aus einer Minibar, die sofort vertilgt wurde. Dornkaat, Underberg, Wodka, Whisky, Sherry, Gin, alle kleinen Fläschchen wurden weggeputzt. Im Fernsehen Pay-TV. Zwei Porno Sender, auf dem einen *Fick Brother*, auf dem anderen *Tiefer Schlund*. Was für ein gigantischer, pornographischer Weltenraum. Nachdem der galaktisch dunkelblaue Spannteppich ein paar sternenhelle Flecken mehr hatte, fuhren die Sonnenmacher zur Messe, ihrem Alibi.

Endlose Förderband-Schläuche, verglaste Hallen, Geschäftsmenschen in Wolken von Parfüms, die Hödlmoser nicht verstanden, wenn er sprach. Keine Verkäufer von Gemüsehobeln, keine landwirtschaftlichen Geräte, auch kein Rummelplatz, keine Kleintierschau, kein Autodrom und keine Zuckerwatte, nicht einmal ein Bierzelt, war Hödlmoser enttäuscht. Die angebotenen Speisen waren eine Kriminalität. Kartoffelpuffer mit Apfelmus, Bouletten, Currywurst, unglaublich.

– Schasquasteln, drittklassige Wichtigtuer, beschimpfe er die Leute, Trampeln, Scheißhausgfrieser, Geselchte, doch die Angesprochenen sahen einfach über ihn hinweg. Und Tschüss. Während es Edgar Stiefel mit nichts als einem leeren Koffer gelang, allen großen Musikelektronikkonzernen die Alleinvertretung für Österreich abzuwringen, schimpfte Hödlmoser auf die Deutschen:

– Cordoba! Euch Arschgeigen sage ich nur Cordoba. Ihr werdets es erleben, dass Österreich wieder ein Weltreich wird, die Slowaken und die Tschechen, die Ungarn und Kroaten, die Slowenen und Rumänen, die Bosnier, alle werden froh sein, wenn Österreich sie wieder nimmt, dann sind wir wieder wer. Dann kommt Südtirol von selbst! Bayern und die Schweiz. Dann sind wir wieder wer. Cordoba! Und ihr bleibts über, Krautzuzler, depperte. Mehlgestockte Heidelbeerarschlöcher, ausgeschleckte. Aber außer einem Mezzeseifener aus der Slowakei, der frenetisch applaudierte, nahm ihn niemand ernst. Und als sich die beiden verbrüderten, und begannen, Kinderlieder zu singen, hielt man sie ohnehin für einen Werbegag:

– Und scheint die liebe Sonne im Sommer so heiß, da sitzet der Wanderer am Wege und - scheint die liebe Sonne im Sommer so heiß, da sitzet der Wanderer am Wege und - scheint die liebe Sonne im Sommer so heiß, da sitzet der Wanderer am Wege und...

Die Steirer glauben, dass das tägliche Fortgehen für die Aufrechterhaltung des göttlichen Gleichgewichts und die Kontinuität der Weltordnung notwendig ist. In ihren Tempeln, den Wirtshäusern, Bars und Nachtclubs zelebrieren sie die diversen Rituale, ihre Göttern zu ehren und ihnen zu danken. Sie beschwören ihre Kräfte mit magischen Bräuchen und Amuletten, die ein Uneingeweihter einfach als Rauchen und Trinken abtun würde.

Am Abend saßen Edgar Stiefel und Josef Hödlmoser in Engels Bar, einem bekannten Frankfurter Puff, und rauchten und tranken. Samtrote Barhocker, biedermeierliche Kopulationsbilder, schummriges Licht. Vier Mädels, die Herpessisters, legten einen luftfickenden Striptease auf die Bühne, der Barmann mixte Blutige Marias, und während sich ausgerechnet die Hässlichste der anwesenden Damen an Edgar schmiegte, spürte Hödlmoser, wie ihm das große Scheißen kam. Verdammt, hetzte er aufs Klo und seilte seine Neger ab. Was für eine Erleichterung. Er kam sich vor wie eine Nudelmaschine. Als würde seine volle Wirbelsäule wie eine Zahnpastatube ausgepresst. Gänsehaut am Rücken. Wurst für Wurst presste sich aus ihm heraus, um am Ende einen großen, kürbisgroßen Haufen zu ergeben. Hödlmoser war derart erfreut, dass er sich weigerte, ihn fortzuspülen. Sollen doch die Marmeladingers einmal sehen, was ein echter steirischer Sterzschiß war.

– Und, wie war's bei dir, Ötker?

– Unglaublich, machte Edgar das Gesicht eines Wettexperten, der sich über die Chancen seines Rennpferdes unterhielt. Eine Kolumbianerin, spitzte er die Lippen, eine Studentin und sie hat ein Kind, nur deshalb macht sie das hier alles.

– Zünftig! Mich hat sie mehr erinnert an Tschechow, die Dame mit dem Hühneraug. Und hatte sie nicht auch Kaninchenzähne?

– Sei nicht so deppert. Sonst hau ich dir in die Goschn, dass dir die Nasn beim Arschloch außahängt. Gut, im Bett war sie vielleicht ein bisserl wie eine kreisende Hirschkuh, aber danach, das war das Beste, danach hat sie mir den Zipf mit Sekt gewaschen.

– Also, Ötker, jetzt schäm dich. Hab ich dir eigentlich schon gesagt, dass wir ein Kind bekommen, fielen Hödlmoser Kathi und der Lottoschein nun wieder ein. Und er griff in seine Jacke, sich des Millionengewinnes zu versichern, doch alles was er fand, waren eine Spielkarte, ein Flugticket und ein Zeitungsausschnitt, der behauptete, dass die Steiermark weltweit sowohl die Selbstmord- als auch die Leberzirrhose-Statistik anführte. Aber weit und breit kein Lottoschein.

– Wie gesagt, mit Sekt.

– Gusch, sonst hau ich dir in die Goschn, dass du dein Arschloch von innen siehst. Weil am besten bring ich mich gleich um.

– Spannenlanger Hansl, nudldicke Dirn, gehen mir in den Garten, schütteln mir die Birn, schütteln mir die Feigen, schütteln mir die Pflaumen, schütteln, bis wir schlafen gehen unterm Apfelbaum. Spannenlanger Hansl, nudldicke Dirn, gingen in den Garten, schliefen bei die Würm, versuchte Hödlmoser mit Obstgartengesang die Kathi zu besänftigen. Die aber veranstaltete ein Konzert, schlug alles kurz und klein, Pfannen, Töpfe, Gläser und Geschirr, nicht einmal die Ausgestopften waren vor ihr sicher. Sie wollte einfach nicht verstehen, dass ein einziger Mensch so blöd sein konnte.

– Den Lottoschein verlieren? Ja, was denn noch? hat sie ihren Hödlmoser mit einer Linksrechtskombination obersteirischer Detschen niedergefeilt. »Was fang ich mir mit dir nur an, du hirnderfaulter Kompottzuzler?« Während sich Hödlmosers Wangen mit Blut vollsogen, zog Kathi Gummistiefel an und rannte zum Stall hinaus, Hödlmoser hinterher. Kathi beschmierte, wie es Brauch war, die Holztür mit Scheiße, begann auszumisten, tat, als nähme sie von Hödlmoser kaum Notiz. Kaum war sie fertig, ging sie zu den Obstbäumen, begann das Laub zu rechen, legte es unter die Hollerstaude, grüßte die Gemeindebediensteten, die dabei waren, die Weihnachtsbeleuchtung zu montieren, ging zum Hühnerstall, streute Sägespäne rein, und schaltete, als Hödlmoser ihr alles erklären wollte, die Kreissäge ein, schnitt Holz, das sie dann stapelte. Hödlmosers Hilfe nahm sie scheinbar nicht zur Kenntnis. Endlich war sie fertig. Die Vögel tratschten ihre Neuigkeiten, der Wind pfiff über die Hügel, einige Hunde bellten, Rasenmäher waren zu hören, und Flugzeuge brummten über sie hinweg.

– Ja, der Pfarrer, zischte Kathi, ohne Hödlmoser anzusehen, der Pfarrer war da, sich zu entschuldigen. Sie wäre wirklich keine Hex, in nomine domini, er hätte sich getäuscht.

Aber wie er das sagte, so Kathi, spürte sie das Misstrauen aus ihm raus, den ganzen Moder, wo Ötker und Hödlmoser waren, wollte er wissen. In nomine domini, hat er gesagt, sich bekreuzigt, Weihwasser verspritzt, schon war er wieder weg.

– Der Ameisenhaufenwixer, sagte Hödlmoser, der kriegt schon noch das seine.

– Aber nicht von dir, spuckte Kathi, ohne ihn anzusehen. Weil wir sind jetzt geschiedene Leute. Achtzig Prozent der Morde passieren in der Familie. So gesehen ist es gefährlich, wenn du dableibst.

– Und was wird mit dem Kurtl?

– Mit was für einen Kurtl?

– Na, mit unserem Kind.

– Du kennst dich vielleicht aus, Hödlmoser, wenn ich die rote Fani hab.

– Die wen? Da mussten beide furchtbar lachen und machten sich sogleich daran, den Kurtl zu erzeugen, was diesmal auch gelang. Sie hatten sonst ja nichts zu tun. Ihr Abend war vollkommen.

Exkurs: Die Liebe

Die Liebe ist lang wie das Licht, wie ein erstes Berühren der Nasen, aus dem Gesicht gewachsenes Leben, Osttirol. Die Liebe umgibt alles wie Krötenlärm, ist flach wie ein Tisch und immer in der Mitte unseres Denkens, eine Insel mitten in der Gesellschaft, die Liebe ist irr, ein Autismus, fatal. Sie hängt über Kärnten wie Birnen, ist Himmel und Höhe weit weg von den ehs, den Enten und Ebenen. Die Liebe reißt aus, ist ein Kaiser, wie Germ aufgegangen, die Liebe ist rund wie das Ohrloch und dunkel wie Darm, grün wie der Gusto ist Liebe, rot wie die Augen der Russen im Saufen, das ist die Liebe, bescheiden wie Gott, wenn er flüstert: Die Liebe ist lang wie das Licht, wie ein erstes Berühren der Nasen, aus dem Gesicht gewachsenes Leben, Osttirol. Die Liebe umgibt alles wie Krötenlärm, ist flach wie ein Tisch und immer in der

Mitte unseres Denkens, eine Insel mitten in der Gesellschaft, die Liebe ist irr, ein Autismus, fatal. Sie hängt über Kärnten wie Birnen, ist Himmel und Höhe weit weg von den ehs, den Enten und Ebenen. Die Liebe reißt aus, ist ein Kaiser, wie Germ aufgegangen, die Liebe ist rund wie das Ohrloch und dunkel wie Darm, grün wie der Gusto ist Liebe, rot wie die Augen der Russen im Saufen, das ist die Liebe, bescheiden wie Gott, wenn er flüstert: Die Liebe ist lang wie das Licht.

Die Steiermark ist so reich an Sehenswürdigkeiten und Naturschönheiten, dass ein dickes Buch nicht ausreichen würde, sie alle zu beschreiben. Doch seien wenigstens einige hier kurz vorgestellt. Zum Beispiel die Gemeinheit.

Das Pfarrhaus war voller Balken, überall haute man sich den Schädel an, stolperte man über Türschwellen, und finster war es außerdem, den ganzen Tag musste das Licht brennen. Ein niederer Plafond bezeugte, dass die Erbauer klein gewesen sind, aber umgebaut wurde es nicht, weil das war schon immer so, da könnte ja ein jeder kommen.

Große Tränensäcke markierten das Gesicht des Pfarrers, er hatte sich wieder einmal an einem Balken den Schädel angehaut, in nomine domini, suchte er Trost und Ablenkung. Nein, der Pfarrer ging nicht ins Haus mit der roten Neonleuchte, und er triebs auch sonst mit niemandem, der Pfarrer hatte Phantasie. Und eine Vorliebe für Quiquita-Bananen. Mit der Schale bearbeitete er seinen Schoss in nomine domine, wickelte seine Wurzel damit ein, die Quiquita selber steckte er in seinen Mund, und weiß der Teufel, was er daran dachte, es verfehlte seine Wirkung nie. Eine kleine Sünde war es, ja, aber bestimmt nichts Gröberes. Auf so etwas rutscht man nicht aus. Das war schon immer so. Da könnte ja ein jeder kommen.

Und wie er so in seinem Bett lag, den Mund mit Banane angefüllt, und in seinen Nomine-domini-Obsessionen sich verlor, sah er plötzlich, wie etwas durch sein Fenster schaute. Ein rotes, illuminiertes Gesicht mit einem Hut. Der Teufel selbst! Entsetzlich! Der Pfarrer kreischte, schlucke die Quiquita, in seiner Speiseröhre blieb sie stecken, dass er rot anlief, einen Erstickungsanfall erlebte, schließlich die ganze Banane rauskotzte, sich die Eier anhaute, es oben und unten schmerzte. Aber er überlebte. Da machte der Pfarrer das Kreuzzeichen, betete, schnappe den Rosenkranz, das zum Waschen gedachte Glas mit Weihwasser, schlich zum Fenster, haute sich noch einmal seinen Plutzer an, spähte hinaus, öffnete langsam das Fenster, und hörte bloß ein Glucksen und ein Kichern.

– Saugfraster, schrie er hinaus, verschißene Bagage. Und er schüttete das Weihwasser in Richtung des Gekichers.

– Ich sag's dir, nein, ich brauchs dir nicht zu sagen, stieß Hödlmoser Edgar die Böschung hinunter, rollte hinterher. Beide hatten unstillbare Lachkrämpfe.

– Dem haben wir's gezeigt. Ich brunz mich an.

– Hilfe, der Teufel, es ist aus, hat er geschrieen.

– Wenn der wüsste, das es bloß ein Äpfelbrocker war. Eine Taschenlampe im Sack und einen Hut aufgesetzt.

– Noch zwei solche Geschichten, und unser Pfarrer bekommt ein Schlagerl.

– Oder eine Trombose im Hirn – wie die Langstreckenflieger, umarmten sich Edgar und Hödlmoser, gaben sich eine Genicknuss und gingen ins Wirtshaus trainieren.

Die Sonne heizte alles auf. Überall glänzte es und spiegelte sich etwas, Licht, wohin man schaute, Licht und wieder Licht, die Konturen messerscharf, und blau wie zweimal nur im Jahr der Himmel, blau wie Vergissmeinnicht. Was für ein Tag! Und alle waren da. Der Turnverein, der Fußballklub, die Feuerwehr, die katholische Jungschar. Turnschuhe und Trainingsanzüge mit breiten weißen Streifen hatten alle an, Startnummern um den Bauch, darunter Pulsmessgürtel, ein Blutdruckmessgerät. Gestandene Kerle allesamt, muskulös und drahtig, sehnige Gesichter, Müslibacken, Stirnbänder und starre, verholzte Blicke, kein Gramm Fett. Knie wie Äste. Nur Hödlmoser war ein wenig aufgeschwemmt, hatte einen Bauchansatz und Spatzenwaden, dennoch hatte er sich überreden lassen. Selber schuld.

Ein breites weißes Band war gespannt, dann fiel ein Schuss und es ging los, zwei Kilometer lang bergauf, steil bergauf, und alle liefen los. Hödlmoser sah den dünnen Muskelärschen hinterher, sah wie sie berauf trabten, wie trotz der Sonne ihr ausgestoßener Atem gleich gefror, er hörte, wie sie keuchten, japsten, fluchten. Steinig war der Weg, glitschig, voller Hindernisse, steil und ohne Ende. Hödlmoser kam als letzter bei der ersten Sonderprüfung an. Lässig holte er seine Karte heraus, ließ sich den Stempel geben und das sogenannte Teilprüfungsgerät, eine Kiste Bier. Er sah, dass viele daran schon gescheitert waren, lallend lagen sie herum und kotzten, oder sie stimmten Bierzeltlieder an: Zickezacke, Zickezacke, Hoihoihoi.

Als nächstes musste man in den kalten Bergsee springen und 500 Meter schwimmen. Mehrere Leichen kamen da schon angetrieben. Zweite Sonderprüfung: drei Doppelliter Wein. Aber diese Sportler vertrugen ja auch wirklich nichts, sah Hödlmoser, dass auch hier welche ambulant versorgt werden mussten. Manchen pumpte man den Magen aus, andere waren an Infusionsflaschen angehängt, ihre Leber hatte nicht mehr mitgemacht, wieder andere waren einfach eingeschlafen, andere grölten, drehten durch. Tja, das war die Jugend, keine Kondition, nur eine große Gosche und sonst nichts.

Die Dekadenz des Nachwuchses ignorierend stieg Hödlmoser auf die Grasschi, und hui, nun ging's bergab. Die meisten seiner Mitkonkurrenten klebten bereits an den Bäumen, auch in die Strommasten der Steirischen Energiewerke AG waren sie in ihrem Übermut gerast. Für Hödlmoser aber war es kein Problem. Als einer der ersten gelangte er zur letzten und auch schwersten Sonderprüfung, drei Liter Schnaps. Bailloni Marillenbrand, ein Sonderangebot. Wie Hödlmoser waren aber auch die noch verbliebenen Extremsportler geeicht. Relativ gleichzeitig begaben sich die letzten vier Gladiatoren dieser Alkoholikerolympiade auf das Schluss-Teilstück, fünf Kilometer Fahrradfahren auf einer nicht gesicherten

Landstraße, wo ihnen die Freizeitalkoholiker entgegenkamen, die wahren Weltmeister.

Werner Grissmann, Christoph Grissemann, Herbert Griesmayer und Hödlmoser. Wer würde es schaffen? Während aber die beiden Grisslys schon bald im Straßengraben bei den Grenzsteinen gelandet sind, und Herr Griesmayer sein Ende unter einem Schwertransporter gefunden hatte, kam Hödlmoser als einziger Teilnehmer überhaupt ins Ziel und stand somit als Sieger fest. Seine ersten Worte waren:

– Jetzt tut mir direkt's Kreuz weh, so tummelt hab ich mich. Außerdem hab ich einen Durst. Durst. Jetzt hab ich aber einen Durst. Gibt es hier ein Bier?

Die Menge jubelte, der Hödlmoser, einer von uns, Olympiasieger! Bravo! Prost!

Nur Kleewein, der Apotheker, dachte sich, ach wo, der Hödlmoser ist ja auch nur ein Beutemürzer wie der Kaplan, der Buchebner und die Jelinek. Ein Zugeraster.

Wie Hödlmoser zu Prinz Charles gekommen ist

Der steirische Kalender wird in gute und in schlechte Tage eingeteilt, aber die Steirer kennen keine Zeit, sie kennen nur die Gegenwart, und sie haben immer Durst. Also wuchs nicht nur der Kathi, sondern auch dem Hödlmoser langsam ein Bauch. Während sich in Kathis Kugel aber was bewegte, hörte man es in Hödlmoser bloß glucksen und gurgeln.

Exkurs: Der Bierbauch

Am Anfang waren die Menschen Kugeln. Sie rollten und tollten herum und scheibten sich durch Leben. Doch die runden Urmenschen, da sie es nicht besser wussten, neigten auch zur Sünde, also ging Gott her und sagte: Wenn ihr schweindi, schweindi, i eich hacki, hacki auseinand. Da waren die Kugelmenschen tief betroffen und sagten: Tschuldi, net bes sei, versprochi.

Aber kaum hatte Gott sich umgedreht, waren die Kugelmenschen gemäß ihrer Veranlagung schon wieder dabei, mit sich selbst Unzucht zu treiben. Also blieb Gott über kurz oder lang gar nichts anderes übrig, als sie zu zerhacken. Sagi hacki, hacki, wenn i sag hacki hacki, i euch hacki hacki auseinand.

Und Gott war gnadenlos, verschonte niemand. Von nun an lebten die einzelnen Menschenhälften zerrissen und geteilt, stets auf der Suche nach ihrem Gegenüber. War es anfangs noch leicht, sich zu finden, so wurde es im Laufe der Zeiten komplizierter und komplizierter. Nun hat die Erde mittlerweile Milliarden von Menschen, was es fast unmöglich macht, sein Gegenüber wieder zu finden. Also ist es nur verständlich, dass die Menschen auf andere Art versuchen, ihre verlorengegangene Idealität wiederherzustellen. Die Frauen werden schwanger, die Männer trinken sich einen Bierbauch an. Die enorme Verbreitung des Bierbauchs in Österreich zeigt an, was für eine Sehnsucht hier herrscht. Unstillbar. Und jeder einzelne Bierbauch zeigt es an, ich sehne mich, ich bin alleine, finde mich. Jeder einzelne Bierbauch ist ein Monument des Unglücks, das hier herrscht, ein Eigenheim Melancholie.

Die Religion war einzig dazu da, den Tod zu negieren, die Religion der Steirer hatte nichts mit Sex zu tun und nichts mit Liebe, kirchlich Heiraten brauchte die Kathi nicht, aber bevor der Kurtl auf die Welt kam, wollte sie zumindest auf das Standesamt. Was blieb dem Hödlmoser da viel anderes übrig.

– Die Mürzer, sagte Hödlmoser, sind Impressionisten. Hier neigt man zur Hochzeit und zum Selbstmord, weniger zum Expressionismus, Amokläufe sind hier selten. Der Trauzeuge Ötker lachte. Kathi gab beiden eine Detschen.

– Redts nicht so deppert daher, wenn der Kurtl dabei ist, sonst wird er noch ein Rauschkind, wenn er es nicht schon ist.

– Aber der Kurtl ist doch noch im Bauch.

– Na und?

Nach der Ringübergabe ging man in ein chinesisches Restaurant, weil dort eine Ripperlgaudi angekündigt war. Für 65 Schilling durfte man essen, soviel man wollte. Das ließ man sich nicht zweimal sagen. Sogar die Kathi hatte einen Mordsappetit und orderte neben den Frühlingsrollen, Enten, Hühnern, Fischen und Reispfannen auch gleich einen Doppelliter Bier.

– Damit ich beim Trinken von meinem Vater nicht erwischt werde, habe ich schon als Kind die Bierflaschen im Arsch versteckt. Deswegen hat da heute soviel Platz. Sechs Bierflaschen bringe ich da unter.

Der Geruch des gekochten Kohls und Krauts und das ungeniert artikulierte Wort *Arsch* erinnerten Hödlmoser an seine Eltern, die, wie die gerichtsmedizinische Untersuchung der Amtsbehörde Fladnitz-Land ergeben hatte, an Gärgasen gestorben waren. Sie hatten zu mittag Grammelknödel mit Sauerkraut verzehrt, was scheinbar derartige kohlendioxidhaltige Flatulenzen bewirkte, dass Hödlmosers Eltern richtiggehend erstunken sind. Und das, obwohl sie in getrennten Schlafzimmern schliefen. Allem Anschein nach hat sich der Vater selbst verstunken, während die Mutter wohl erst zu einem späteren Zeitpunkt nachschauen gekommen ist, warum er auf ihr Hilfe-hier-stinkts-Rufen nicht mehr reagierte. Da hat es wohl auch sie erwischt.

Noch die eiligst herbeigerufenen Sanitäter Windbilchler und Blaser erlitten schwerste Krautgasvergiftungen. Nur Hödlmoser, von klein auf an die väterlichen Flatulenzen gewöhnt, war geeicht. Wie der liebe Augustin in der Pestgrube konnte auch er über den Krautgestank nur lachen, schon damals. Die Behörden freilich überlegten dennoch eine Zeit lang ernsthaft, den Kohl- und Krautverkauf an den Besitz eines Waffenscheines zu binden, was freilich am heftigen Widerstand der Medien gescheitert ist. Namentlich die Kraut-Zeitung und ihr namhaftester Kolumnist, Richard Immerstinker, wehrten sich vehement gegen diesen Gesetzesentwurf. Ja, sie drohten sogar mit einer Eierschasblockade und mit dem schon legendären Bohnenbauernfurz.

Ein fünfjähriger Chinesenjunge kam an, lachte, und warf ohne Vorwarnung dem Edgar eine Handvoll weißer Kieselsteine ins Gesicht.

– Du schlitzaugerter Arschknödel, Quergeschißener, wurde er dafür gedroschen. Hödlmoser lachte und sinnierte:

– Diese Asiaten, ohne Mitleid und gemein, stellen Maggi auf den Tisch und nennen es Soja Sauce.

Was seids denn ihr überhaupt für Chinesen. Aus Korea oder was?

– Futschau-Chinesen, verbeugte sich die Kellnerin.

– Sie, ich hab gerade geheiratet. Sonst gern, legte sich Hödlmoser einen Zeigefinger auf die Lippen.

Und während im Hintergrund der Chinesenjunge weitere Gäste mit Kieselsteinen bewarf, Hödlmoser mit der Kellnerin flirtete, kam mit einem Plumps Kurtl auf die Welt und schrie, wie es sich für eine Frühgeburt gehörte.

– Blutiger Marillenknödel, ein so ein Platzer, haute ihm Hödlmoser gleich ein paar hinein. Die steirische Erziehung zeichnet sich dadurch aus, dass sie sofort beginnt.

Kurtl schrie aber trotzdem weiter, jahrelang. Immer, wenn er Hödlmoser sah, fing er damit an. Kaum zu glauben, dass so ein Dickschädl durch den Geburtskanal gegangen ist.

Die Landschaft starrte einen an und glotzte. Wie Kugeln schlugen die Regentropfen in die Fröschnitz, dass ihre ganze Oberfläche mit Einschlagstellen übersät war. Kurtl pfefferte in seine Windeln, er entwickelte sich prächtig zu einem richtig kleinen fetten Wonnepropen. Alle, die ihn zu Gesicht bekamen, waren entzückt, wollten ihn angreifen und abbusseln, der Kurtl aber war ein Schatz, biss alle in die Finger, dass sie schrien. Weil seine Mutter von der Macht wusste, mit denen Namen verbunden sind, hieß er vollständig James Bond Prinz Charles Kurtl Hödlmoser.

– Busen, Busen, war das erste, was er sagte. Nicht Mama oder Papa, sondern Busen. Her damit. Ganz wundgebissen hat er sie. Kathi knuddelte dafür auch dauernd seinen Penis, hätschelte ihn oder rieb das kleine Komma sanft zwischen Daumen und Zeigefinger. Einmal glaubte sie sogar, er hätte schon eine Ejakulation gehabt, dabei war das bloß das Gel der neuen Windeln.

– Die anzigen, die arbeiten, murrte Hödlmoser sind ich und ich. Er trank ein Bier und war grantig. Man wird vernachlässigt. Kathi hatte kein Interesse mehr an ihm, war nur noch für den Kurtl da, Ötker war dauernd in Sachen Musikhaus unterwegs, die Schnapser und der Beiskammer gaben ihm nun auch nichts mehr. Also beschloss er eines Tages, nach Wien zu fahren, und sich daselbst beim Bundespräsidenten zu beschweren. Weil so konnte es ja nicht mehr weitergehen. Euer Durchlauft, würde er ihm sagen, euer Graden, irgendwas ist schief im Hause Hödlmos, selber ein kläglich Helftergott vom Notstand lebend, könne er mit Kind am Kragen nicht mehr auf dem Weibe segeln. Was beim Barte recht sei, fehle dann beim Wische nach Belieben, daher sei er zum Propheten, ja, zum Berge selber er gepilgert. Drum, Herr Kukident, er böte ihm einen Zahn Respekt und einen Platz auf seiner Seife an, damit er sähe, was Leben heißt am Land, macht Tür und Torel auf der Eminenz vom Würstelstand, dem Fürst von Hirz und Dattel von Dutteloudu, verzehr er ihm, wenn es zu aufgedrillicht sei, ein kleiner Leuchter wie er selbst, dem nicht einmal die Worte folgten, welche Walter wollten da die Welt ihm schalten. Ha?

Mahlzeit

Mit einem Rutenstreich, weil es so Brauch war, einem Stückchen roher Leber, ungesalzenem Brot und einem *Schleich dich*, wies man Jägermeister die Tür. Ein mächtiges, grünlackiertes Gusseisenmonstrum, das wie ein Tresor sich hinter ihm gleich wieder schloss. Er drehte sich noch einmal um, sah die korpulenten Wachtürme, den vierzeiligen Stacheldraht, die winkenden Wärter mit ihren Maschinengewehren, und er wusste, dass er an dieser Insel niemals wieder stranden wollte. Nach Sitte dieses Eilands hatte man ihm Tinte in die Haut geritzt, die Ohrläppchen ausgeweitet, Sicherheitsnadeln durch die Nasenwurzel, die Unterlippe, den Schwanz und jedes Ei gestochen, und ihm obendrein hintendrin die Arschhaare verbrannt. Jetzt hatte Jägermeister genug Gründe in sich, Vorsätze, von denen alle mit demselben Wort begannen: Hödlmoser. Hödlmoser musste nun daran glauben, daran ging kein Weg vorbei. Hödlmoser war jetzt dran.

Hödlmoser selbst wusste davon freilich nichts. Er hatte seinen Kriegsschmuck an, Federbuschen, Gamsbart, Steirerhut, küsste James Bond Prinz Charles Kurtl, umarmte Kathi, setzte sich auf sein Puch 500 und zischte los. Zischen ist vielleicht ein wenig übertrieben. Mit 40 km/h tuckerte er dahin. Sogar die Rennradler überholten ihn, die Behindertenporsches sowieso. Die Fahrt war endlos. Bergauf zog sein Motor nicht, bergab war auf die Bremsen kein Verlass. Immer wieder musste Hödlmoser stehenbleiben, einzelne Schrauben nachziehen, sich Ölspritzer aus den Augen wischen. Autofahrer zeigten ihm den Vogel. Aber er war fest entschlossen, und auch wenn er am ersten Tag lediglich bis Wiener Neustadt kam, ließ er sich deswegen nicht entmutigen. Er war völlig von sich überzeugt.

Am zweiten Tag gelangte er tatsächlich bis nach Wien, verfuhr sich, landete in Simmering, in den Donauauen, aber schließlich fand er doch den Weg, mit 40 km/h tuckerte er über den Heldenplatz, grüßte mit *Mahlzeit* Prinz Eugen, stellte sein Moped ab, ging mit *Mahlzeit* am diesthabenden Wachmann vorbei, fragte mit *Mahlzeit* beim Portier, wo hier das Büro des Präsidenten sei und ging ohne Umschweife den ihm beschriebenen Weg. *Mahlzeit. Mahlzeit. Mahlzeit. Mahlzeit.* Sein Gesicht war ölverschmiert, er hatte einen Arbeitsdrillich an, Schraubenschlüssel lachten aus seinen Taschen, alle, die ihn sahen, hielten ihn für einen Handwerker, der was zu richten hatte. Mit *Mahlzeit* überwand er die Vorzimmerdamen, *Mahlzeit* durchschritt er die Kabinettrats- und Kanzleiratszimmer, das Zimmer des Präsidentensprechers, um mit *Mahlzeit* in der Herzkammer der Republik zu stehen. *Mahlzeit.* Mit Mahlzeit kam man in Österreich noch immer durch. Überall. Hödlmoser wollte noch weiter, durch die nächste Tür, hatte sie schon offen, sah, na Mahlzeit, eine halbnackte Mätresse bei ihrer Mahlzeit liegen, an weiterem hielt ihn der Präsident höchstpersönlich gerade noch zurück. Mahlzeit.

Exkurs: Die Politik

Die mangelnde politische Bildung in der Steiermark ist vor allem ein Aussprache-Problem. Bringt einer *Brüssel* fehlerfrei heraus, wird er gleich für den Landtag nominiert. *Washington* beherrscht allenfalls der Landeshauptmann, meistens aber klingt es auch bei ihm wie *Orsch-mit-Ohren*.

Dabei war die Steiermark von jeher Zielgebiet für Heuchel-Propaganda, Zwetschkenröster-Indoktrination und andere Sprachfehler, haben gewiefte Politiker um die Gunst der Steirer und Steirerinnen gebuhlt, um das Land nach ihrer Zunge zu diktieren. Jahrhundertelang herrschten hier die das R rollenden Salzbarone auf ihre zitronensaure Burgherrenart. Rrrrrrrr, dass es einem den Gaumen überschlug. Als aber mehrere Eiszeiten gleichzeitig über die Steiermark hereinbrachen, und man das Salz zum Streuen und die R's zum Wärmen brauchte, überzuckerte die ausgenüchterte Zuschpler-Opposition die Lage am schnellsten, und ließ sich das grobe, gerollte Salz nun nicht mehr bieten. Zwiebel, war ihr gezuschpelter Schlachtruf, steckt Zwiebel in eure Schuhe, mit Zwiebel wischt auf dem Aborte After, Zwiebel ist für alles da. Zwiebel zur Verhütung, Zwiebelscheiben auch als Augengläser, Zwiebel-Medizin. So kam es zu einem Zuschpler-Umschwung in der oralen Steirerpolitik und zu einer zwiebelhaften Ztsch-Epoche, dass es zwutschte, was es zwatschte, Zweschpenfeck.

Um 250 v. Chr. eroberten plopende Petersilpflanzer das Gebiet und errichteten die Imbissstube Noricum mit P, die vor allem mit den durchreisenden Spaghettischeißern ein gutes Geschäft machte. Plop. Plop. Plop. Um 390 n. Chr. kamen dann im Zuge der Völkerwanderung stotternde Parmesanreiber, Knoblauchpresser und Vokaldehner ins Land der grünen Unkrautzupfer, und blieben, weil sie sich ein vokales Geschäft erhofften oder zumindest ein Gspusi. Um 700 kamen gar die kehlengurgelnden Krauthobler und 788 übernahm ihr Anführer Karl der Krauterer nach dem Sieg über den Bayernherzog Hamandeggs die Steirer in sein krautfränkisches Gurgelreich. Von da an wurde es völlig unverständlich und verkehlt. Erst 1180, als der Paprikaschlecker Barbarossa den Marktschreier Ottokar IV. zum Verkoster ernannte, wurde das Reden der Steirer wieder halbwegs genießbar, bis 100 Jahre später von den Anhängern der Isabella von Parma der noch heute geläufige Jsopen-Beller eingeführt wurde. Mit dem Schlachtruf Jsop übernahmen 1282 die parmenidischen Ölsuppenbrater die Herrschaft. Jsopen, beriefen sie sich auf einen bereits in Umlauf befindlichen Blindband der Luther-Bibel, Johannes-Evangelium, Kapitel 19: Mich dürstet. Man stecke einen in Essig getauchten Schwamm auf einen Jsopen, und reiche ihn mir dann. Was alle staunend fragen ließ. Jsopen? Was soll denn das sein? Jsopen. Eine Ölsuppen? Wieso?

Der Rest ist hinlänglich bekannt. 1480 überrannten die Karfiolpanierer die Steiermark. Ein Vorgang der sich öfter wiederholte, und hätten die Steirer nicht auf genial raffinierte Spitzbubenart die Steirerstübchen entworfen, wären sie gewiss den gefürchteten osmanischen Karfiolwinden erlegen.

Trotzdem musste man 1919 die Untersteiermark mit Cilli an das neu gegründete Königreich der krenreißenden Konsonantencracker in Krk abtreten. Nach einer wilden großgrauslichen H aspirierenden Fleischtomatenzeit steckt die Steiermark seit 1945 im österreichischen Gurkerlglas. Und seit man 1995 dem europäischen Kernölverband beigetreten ist, kann nichts Schlimmes mehr geschehen. Brüssel kann man aber noch immer nicht aussprechen.

– Wo wollen Sie denn hin, Sie Flegel? Was fällt denn Ihnen ein?, schrie der Präsident.

– Mahlzeit.

Da erst bemerkte Hödlmoser die Ähnlichkeit zwischen dem Zurückhalter und dem Brotzeitgesicht, das hier von allen Wänden grinste, kein Zweifel, das musste er sein, der Präsident, versagte ihm sofort die Sprache.

– Was ist denn kaputt, wollte das Staatsoberhaupt wissen. Wieder die Heizung? Nie funktioniert die Heizung in dieser Republik. Das ist das Werk der Sozialisten. Überall haben sie die guten alten Hähne abmontiert und Thermostate eingeführt. Von der Idee her richtig, aber funktionieren tun sie nicht. Die Thermostate sind ein Quatsch. Reine Theorie.

Wie einer mit einem Hungerödem öffnete Hödlmoser seinen Mund, versuchte etwas zu erklären, doch kam nichts dabei heraus. Also nahm er Schraubenschlüssel und Hammer und machte, um die Weite seiner Reise anzudeuten, eine große ausholende Bewegung. Da wusste der Präsident auch schon Bescheid. Revolution!

– Na, aus Mürz!

– Ein Putsch.

– Na, mit am Puch.

– Wie beim Dollfuß murmelte er noch, ein Staatsstreich, dann verlor der Präsident die Besinnung. Ehe Hödlmoser damit etwas anzufangen wußte, klingelte auch schon das Telephon.

– Hnja, räusperte Hödlmoser hinein. Es war der Präsident von Ungarn. Er und auch die Präsidenten von der Slowakei, Tschechien, Kroatien, Slowenien, Rumänien, Bulgarien und Albanien, sie alle hätten sich zusammengetan, und würden um eine neuerliche Aufnahme bei Österreich bitten. Und nun möchte er vorfühlen, ob das möglich sei.

– Nnnhn, räusperte Hödlmoser. Nnnhn.

– Aber alter Freind, konterte der Ungar, bedenkt die Macht, die eich daraus erwüchse, jetzt hat Esterreich elf Regierungen, und dann hätte sie halt neinzehn. Wäre das ein Schaden. Eine Weltmacht würde Esterreich.

– Nnnn, nickte Hödlmoser. Der Ungar aber, schien es, wollte ihn nicht verstehen, er fluchte und verabschiedete sich mit: Bitte, du hast es so gewollt, du wirst es noch bereien, bleder Esterreicher, depperter.

Hödlmoser schluckte. Er dachte an die Mätresse im Nebenzimmer, hörte, wie sie schmatzte, wollte sich davonstehlen, als es schon wieder klingelte. Diesmal, sagte sein Hirn, sollte es ruhig läuten, doch die Hand entschied sich anders.

– Hallo?

Der Landeshauptmann der Steiermark wollte wissen, wo die diesjährige Landesausstellung stattfinden solle. Er selbst plädiere für seine Heimatstadt, für Knittelfeld, da könnte man das traditionelle Burschenschaftstrinken in der Wartburg fördern. Da gings zu. Es war nämlich so, dass man traditionell den Boden des Rittersaales mit Sägespänen auslegte, dann schloss man die Burschenschaftler und mehrere Bierfässer darin ein, und feierte kollektive Inkontinenz, Vorbereitung auf die Geriatrie, das war eine Gaudi, gluckste der Landeshauptmann, nur die Alten hatten Stockrecht.

– Nichts da, brüllte Hödlmoser präsidial, heuer nehmen wir Mürz.

– Mürz? Aber wieso denn? Mürz war ja schon einmal. Dort ist doch noch immer nichts? Nur das depperte Kunsthaus. Mürz hat mit der Spitze nichts zu tun. Mürz hat seinen Beruf als Stadt verfehlt. Nicht einmal der Holzer ist in Mürz, und die Steiermark braucht mehr Kultur, da wäre die Wartburg doch gerade recht. Die Steiermark ist dominiert von den Kolleritschs, den Szyskowics, Gregoritsch und anderem Seekitsch, da wird es Zeit, dass man wen anderen fördert, die Verbindungen.

– Mürz, beharrte Hödlmoser, das hat ein Schimuseum. Heuer Mürz, nächstes Jahr Knittelfeld. Und noch etwas, es gibt dort einen Hödlmoser, Josef, der wird Hofrat.

– Bitte, wird erledigt, Servus Präsident.

– Servus, Landeshauptmann. Pfeifend verließ Hödlmoser die Hofburg, Schwein muss man haben, Schwein, sonst nichts.

Wien ist so reich an Sehenswürdigkeiten und Naturschönheiten, dass ein dickes Buch nicht ausreichen würde, sie alle zu beschreiben. Doch seien wenigstens einige hier kurz vorgestellt. Zum Beispiel die Bevölkerung.

– Masta, kam Hödlmoser eine weinschwangere Rauchstimme entgegen, an Zwanzger für a Semmel und a Knacker. I bin erst seit zwa Wochen hackenstad, mei Oide hot mi hinergoanga, wegen foische Zeigenaussagen wor i im Häfen, de Kiwera hobm mi zum Krüppl gschlogn, jetzt bin i invalid, und vor fünf Minuten hobns ma mei Auto gstoin, außerdem hob i vom Blutspendn nu Aids und Hepatitis B, a Kriegswaise warad i a, dann hättat i do nu an Beleg, dass meine Organe, oiso innerlich, olle verkehrt rum san, i hob von Geburt an sozusagn des Orschloch obn.

– Reicht schon, drückte Hödlmoser dem verknitterten Individuum einen 20er ins Schwielenpfötchen, setzte sich auf sein Moped und brauste davon. Brausen ist vielleicht etwas übertrieben. Zwischen Straßenbahnen, Müllabfuhren und Fiakern tuckerte er dahin, und es dauerte eine halbe Ewigkeit, bis er Wien endlich verlassen hatte.

Der Bundesstraße war fad, sie dehnte sich unendlich, und wenn sie gähnte, kam nichts an. Hödlmoser aber war beschwingt. Felder und Häuser zogen an ihm vorbei, weit entfernte Dörfer, alte Kirchtürme und neue, sogenannte Lagerhaustürme, Leitschienen und Schneestangen, tote Igel, weiße Rückstrahler aus Plastik und Hödlmoser dachte an Kathi, an seinen Hofrattitel und an Kurtl. Wenn der einmal älter ist, wird er hinten am Sozius sitzen und sie werden eine Mordsgaudi haben. Der Kurtl wird dem Hödlmoser die Augen zuhalten und Hödlmoser wird *Schleich dich* sagen, *sei net so deppert*, wird er sagen, da werden beide lachen, bis der Kurtl wieder seine Hand auf Hödlmosers Augen legt, so wird es weitergehen, kniff der Hödlmoser bereits seine Lider zu, und schimpfte mit dem imaginär in seinem Rücken sitzenden Kurtl. In Gedanken gab er dem Imaginärkurtl schon eine steirische Detschn, schloss aber gleichzeitig beide Augen, schrie: *Kurtl, hör auf, was da alles passieren kann, wir fahren noch in den Straßengraben und ich hau mir an der Lenkstange die Eier an, so dass es keine Gaudi nicht mehr ist, hast du gehört Kurtl*, brüllte Hödlmoser, kniff die Augen zu, verriss den Lenker, um es dem Imaginärkurtl zu zeigen, und spürte, wie es auf einmal holperte.

– Siehst du, schrie er. Siehst du, das haben wir jetzt davon. Und er hatte das Moped kaum noch unter Kontrolle, lachte aber dabei, und dachte, jetzt sieht der Imaginärkurtl wenigstens, dass man sich nicht so blöd spielen darf, der Depp, und alles rumpelte, und Hödlmoser wurde auf seinem Sitz auf und ab und hin und her geschleudert, der Lenker drehte sich, aber Hödlmoser ging nicht vom Gas und wollte auch nicht bremsen, damit er sieht, was er angerichtet hat, der Deppenkopf von Kurtl, der unbelehrbare.

– Siehst du, das kommt davon. Ich habs dir ja gesagt, man darf den Fahrer nicht ablenken, drehte Hödlmoser sich um und schimpfte mit dem Imaginärkurtl. Freilich übersah er dabei ganz ein ihnen in den Weg gestelltes Verkehrsschild. *Schleimbach 14 km*. Rumms machte es, und Hödlmoser lag im Straßengraben, verlor nicht nur den Imaginärkurtl, sondern auch noch sein Bewusstsein.

Die Welt ist so reich an Sehenswürdigkeiten und Naturschönheiten, dass ein dickes Buch nicht ausreichen würde, sie alle zu beschreiben. Doch seien wenigstens einige hier kurz vorgestellt. Zum Beispiel das Nichts.

Als Hödlmoser wieder auftauchte aus dem Nichts, war Nacht um ihn. Sein Moped lag im Graben, verbeult. Hödlmoser war durchnässt, seine Kleidung klamm, ihn fröstelte, und seine Glieder schmerzten. Rundherum nur Dunkelheit, Deep Blue war ausgebreitet wie die Arme einer verschmusten alten Tante, wie die Übermacht eines unschlagbaren Schachcomputers. Nur in der Ferne eine Möglichkeit, ein Hauch von Licht. Da ging er hin.

Je näher er kam, desto klarer wurde, dass es weder die erhoffte Tankstelle noch ein Supermarkt war. Eine Art Versammlung. Auf einer Obstkiste stand einer und sprach mit Megaphon in den Kreis der Versammelten. Eine Tupperparty? Weight Watcher? Nein, denn die meisten Teilnehmer hatten ein Gewehr neben sich stehen, so dass das Hödlmoserhirn sofort an eine Art steirischen Ku-Klux-Clan dachte. Sehr viel vom Erschießen und vom Vergiften war da die Rede.

Schon bald dämmerte es im Hödlmoserhirn, dass es sich hier um eine Art Suizidverein handeln musste, wurden doch die Vorteile der diversen Selbsttötungen lang und breit erklärt.

– Erhängen, so der Redner, bringt durch den momentanen Bluthochdruck eine enorme sexuelle Erregung samt Orgasmus, weshalb das sehr beliebt ist. Man spritzt sich quasi in das Nichts. Die Gefahr ist allerdings, dass man zu früh gefunden und abgeschnitten wird. Dann kann es zu einem Weiterleben in völliger Umnachtung kommen. Sicher ist Erschiessen, schnell und schmerzlos. Freilich hinterlässt man von sich selbst kein schönes Bild. Besonders, wenn es den Kopf zerreißt. Wer also an Seelenwanderung glaubt, sollte sich vergiften, sonst erlebt er einen Schock, wenn er sich selber sieht. Auch die unpopuläre Mehode des Erfrierens muss man propagieren, aber bitte nicht in der Gefriertruhe. Man geht mit einer Flasche Alkohol und einem Liederbuch in irgendwelche Berge und singt: Hoch vom Dachstein an, wo der Aar noch haust…

Beim Erfrieren selbst schüttet der Körper Endorphine aus, hat man ein angenehmes Wohlgefühl. Auch Ertrinken macht angeblich Spaß, ist die Lunge erst einmal mit Wasser voll, erlebt man einen tollen Kick. Gut, beschwichtigte der Redner nun die vor Erregung bebende Menge, wie wir alle wissen, neigt ja jeder zu irgend einem bestimmten Suizid. Da gibt es die Runterspringer genauso wie die Sich-selbst-Vergaser, die Vor-den-Zug-Werfer wie die Sich-selbst-Aufschlitzer. Es ist geradezu so, als wäre uns die Art des Selbstmordes vorherbestimmt. Vielleicht wird sie sogar vererbt? Bevor wir aber etwas Unüberlegtes tun, müssen wir abwägen, die alternativen Formen uns besehen. Was zum Beispiel ist mit lebendig eingemauert sein? Cool ist auch die Heimwerkermethode, sich mit einer Black&Decker in den Kopf zu bohren. Oder sich eine Bombe als Zäpfchen einzuführen. In jedem Fall hat unser Suizid-Konzern erkannt, darf so ein Selbstmord nicht für nichts geschehen. Im Gegenteil, Selbstmorde sind ungenütztes Kapital. Denken Sie nur einmal an die ganzen Terroristen, für die sind Selbstmordattentäter Gold. Oder die Fernsehanstalten in der Sauregurken-Zeit, na, und die Tourismusvereine erst.

Und wie er so weiter erzählte, schlummerte Hödlmoser ein. Er träumte von Mürzzuschlag, vom Kunsthaus, von Kathi, davon, dass Jägermeister ihr Haus stürmte, sich über sie und den kleinen Kurtl hermachte, beide fürchterlich missbrauchte und so erschoss, wie er schon die Pischingers erschossen hatte und auch Hödlmoser erschießen hatte wollen. Und kaum war er fertig, und hatte er sich das Blut abgewaschen, kamen der Bürgermeister und mehrere Landtagsräte und verliehen ihm, dem Jägermeister, von dem sie glaubten, er wäre der Hödlmoser, den Hofratstitel. Danach veranstalteten sie auch noch ein großes Fest. Darüber war Hödlmoser so erschrocken, dass er sein eigenes schweißgebadetes Aufwachen träumte. Lauter Leichen lagen und hingen um ihn her, Erfrorene, Erschossene, Verkohlte, Aufgehängte, Erstickte, Überfressene, in der Mitte aber, träumte er, stand eine große Kiste,

die den angeblich im Toplitzsee liegenden Nazischatz enthielt. Goldbarren, Säcke mit Diamanten und die ersten Mickey-Mouse-Hefte. Und wie sich Hödlmoser noch darüber freute, und sich überlegte, was er damit alles machen könnte, träumte er, dass sich von hinten einer anschlich, und ihm eine überzog. Als er das neuerliche, diesmal blutgebadete Erwachen träumte, war jemand über ihn gebeugt, der 'h wie er selbst, den flehte er an, er solle in die nächste Apotheke laufen, am besten nach Mürzzuschlag zu einem gewissen Kleewein, weil alle anderen säßen ganz bestimmt im Wirtshaus und würden Schnapsen, träumte Hödlmoser, dass er träumte, dem anderen seinen Reisepass zuzustecken, und schon schlief er wieder ein und träumte von der schönen Steiermark, vom Kunsthaus, von Venedig und von Afrika, wo er in Kenia an die Kathi denken könnte, und in Uganda an den Kurtl, wenn überhaupt.

Inhalt

Die Bilder dieses Buches sind in ihrer Originalgröße wiedergegeben. Technik: Rollerball, Buntstifte, Papier. Sie wurden in Mürzzuschlag und seiner näheren Umgebung im August 2000 an folgenden Orten gezeichnet:

Seite 9: Kreisverkehr, Gemeindeamt Ganz
Seite 11: Kingston Pub
Seite 13: Zöchlingweg
Seite 16: Werk
Seite 18: Hotel Post
Seite 23: Auwegstüberl
Seite 27: Wintersportmuseum
Seite 31: Werkseingang, Hönigsberg
Seite 35: Liberty
Seite 37: Pension Gründler
Seite 41: Brahms-Museum
Seite 45: Roseggers Geburtshaus
Seite 47: Sprungschanze
Seite 49: Roseggers Geburtshaus
Seite 54: Sprungschanze
Seite 58: Pretulstraße
Seite 61: Bahnhof
Seite 65: Werk
Seite 67: Pension Gründler
Seite 72: Pension Auer
Seite 77: Zöchlingweg
Seite 82: Pension Auer
Seite 86: Bahnhofsgelände
Seite 90: Café Romeo
Seite 94: Baustelle, viktor kaplan akademie
Seite 100: Kaiserstein
Seite 109: Bahnhofsrestaurant
Seite 110: Kaplanplatz
Seite 115: Chinarestaurant Shang Hai
Seite 122: Werk
Seite 128: Kunsthaus

Franzobel

geb. 1967, aufgewachsen im Schatten der sogenannten Schimmelkirche in Pichlwang, geprägt durch jahrelanges Ministrieren, schrieb er seine ersten Gedichte auf Hostien. Da in Pichlwang zu wenig Menschen starben, und Franzobel somit von den Kondukten nicht reich werden konnte, mußte seine Mutter Schwammerlsuchen gehen, um ihm eine erste Schreibmaschine zu finanzieren. Später hat er den Ministrantendienst gegen den Dienst vor dem Fernseher und der gleichzeitig mit der Messe stattfindenden Sportschau eingetauscht, hinzu kam David Carradines Kung Fu. Franzobel war intensiver ZDF-Empfänger, später hat er sich intensiv mit Heimatkundeunterricht beschäftigt und mehrere Kinderfreunde-Ferienlager überlebt, seine Schulzeit war geprägt von Wandertagen und dem damit verbundenen Sunkist-Zertreten, seit 1986 lebt er als Erreger, Privatkatholik und Schriftsteller in Wien. Von den zahlreichen Preisen sind besonders jener der Stadt Kassel für grotesken Humor, sowie die Bert-Brecht-Medaille hervorzuheben.

Bisher im Verlag Bibliothek der Provinz erschienen:

Met ana oanders schwoarzn Tintn *Dulli Dialektgedichte*
Volksoper/Olympia *Zwei Theaterstücke*

Norbert Trummer

geb. 1962 in Leibnitz/Steiermark, Studium der Malerei an der Akademie der bildenden Künste in Wien, Stipendienaufenthalte in Krakau und Budapest, Georg Eisler Preis, Ausstellungen im In- und Ausland (u.a. Kunsthalle Exnergasse, artLab Galerie Hilger und MuseumsQuartier, Wien), Buch mit Bodo Hell: Budapest Dob utca (Haymon 1999), Auftritte und CD-Veröffentlichungen mit den Bands Scheffenbichler und (a parrot singing), lebt in Wien.

publication PN°1
Bibliothek der Provinz

Verlag für Literatur, Kunst und Musikalien